2004년 세계에스페란토협회 "올해의 아동도서"
"잠자기 전에 자녀의 머리맡에서 들려주는"
19가지 크로아티아 동화 모음

침실에서 들려주는 이야기
(RAKONTOJ SUB LA LITO)

앙토아네타 클로부차르(Antoaneta Klobučar)지음
다보르 클로부차르(Davor Klobučar) 에스페란토역
장정렬 옮김

침실에서 들려주는 이야기

인   쇄 : 2021년 12월 3일 초판 1쇄
발   행 : 2021년 12월 6일 초판 2쇄
지은이 : 앙토아네타 클로부차르(Antoaneta Klobučar)
에스페란토역 : 다보르 클로부차르(Davor Klobučar)
옮긴이 : 장정렬(Ombro)
표지디자인 : 노혜지
펴낸이 : 오태영(Mateno)
출판사 : 진달래
신고 번호 : 제25100-2020-000085호
신고 일자 : 2020.10.29
주   소 : 서울시 구로구 부일로 985, 101호
전   화 : 02-2688-1561
팩   스 : 0504-200-1561
이메일 : 5morning@naver.com
인쇄소 : TECH D & P(마포구)

값 : 12,000원
ISBN : 979-11-91643-31-2(03890)

2004년 세계에스페란토협회 "올해의 아동도서"
"잠자기 전에 자녀 머리맡에서 들려주는"
19가지 크로아티아 동화 모음

침실에서 들려주는 이야기
(RAKONTOJ SUB LA LITO)

앙토아네타 클로부차르(Antoaneta Klobučar)지음
다보르 클로부차르(Davor Klobučar) 에스페란토역
장정렬 옮김

진달래 출판사

<에스페란토번역본 정보>

지은이: 앙토아네타 클로부차르

옮긴이: 장정렬

출판: Esperanto-sociieto"Liberiga Stelo", Osijek, Kroatio. 2004

ⓒ앙토아네타 클로부차르(Antoaneta Klobučar)

이 책을 구매하신 모든 분께 감사드립니다.

출판을 계속하는 힘은 독자가 있기 때문입니다.

평화를 위한 우리의 여정은 작은 실천, 에스페란토를 사용하는 것입니다.

(오태영 *Mateno* 진달래 출판사 대표)

차례

제3부 정당한 가르침

작가소개

앙토아네타 클로부차르(Antoaneta Klobučar)

오시예크 대학교 경제학부 수학과 교수

Faculty of Economics, University of Osijek,

작가는 1963년 크로아티아 빈코브치에서 태어났습니다. 작가는 어렸을 때 이름은 네타 만디치(Neta Mandić)였으나, 결혼 후 지금 앙토아네타 클루부차르(Antoaneta Klobučar)라는 이름으로 작가 활동을 하고 있습니다. 오시예크 시 초등학교에 작가도 다녔고, 결혼 후 작가의 딸 아나도 이 학교에 다녔습니다.

작가는 고등학교를 졸업하고 오시예크 대학교 사범대학에서 수학-물리학을 전공하였고, 자그레브에서 수학 박사 학위를 취득하였습니다.

작가는 4살 때부터 자신이 침대에서 잠자기 전에 자신을 위한 동화를 말하곤 했었습니다.

이것이 계기가 되어 나중에 작가는 딸이 태어나자, 딸에게 동화를 말해 주었습니다.

현재 작가는 오시예크 대학교에서 수학을 가르치고 있습니다.

딸 **아나 클로부차르(Ana Klobučar)**는 1991년 태어났고, 12살 때 이 작품에 삽화를 그렸습니다.

남편 **다보르 클로부차르(Davor Klobučar 1961~2020)**는 오시예크에서 태어나, 이 작품을 에스페란토로 옮겼습니다. 이 작품은 재미있고 교육적인 내용이 담긴 가족 공동의 작품이라 할 수 있습니다.

Saluto al la korea leganto!

La libro "Rakontoj sub la lito" estis eldonita en la kroata lingvo en la jaro 2003 kiel mia unua libro. Post ĝi mi eldonis pliajn naŭ infanlibrojn. La desegnaĵojn por la libro kreis mia filino Ana, tiam 12-jara. Mia edzo   Davor Klobučar (1961-2020), esperantigis ĝin en 2004. Li estis tre pasia esperantisto, nun bedŭrinde jam mortinta. La libro gajnis la infanpremion de la jaro 2004 ĉe Belartaj Konkursoj de Universala Esperanto-Asocio en Roterdamo. Poste, en la jaro 2005 li esperantigis ankaŭ mian duan libron "Triopo terura".

"Rakontoj sub la lito" estas kolekto de 19 mallongaj rakontoj por la aĝo de 3-9 jaroj. Mi imagis ilin kiel rakontoj por legi ĉe endormigo. Kompreneble, oni povas ilin ankaŭ legi tage. Ĉiu rakonto havas iun mesaĝon.

Kroataj infanoj ŝatis la rakontojn. Mi esperas ke ankaŭ koreaj legantoj ŝatos ilin.

"Rakontoj sub la lito" kaj "Triopo terura" estis el Esperanto tradukitaj japanen en 2006.

Mi ne parolas Esperanton, sed iom komprenetas ĝin kaj simpatias pri Esperanto. Mi estas membro de Kroata Esperanto-Ligo kiu helpas min en la kontaktoj kun la korea eldonisto.

Mi salutas vin kaj deziras al vi agrablajn momentojn dum la legado de la libro.

한국 독자 여러분 안녕하세요!

『침실에서 들려주는 이야기』라는 책은 나의 첫 번째 책으로 2003년 크로아티아어로 출판되었습니다. 그 후 나는 또 다른 아홉 권의 아동도서를 출판했습니다. 책의 그림은 당시 12살이었던 제 딸 Ana가 그렸습니다. 제 남편 Davor Klobučar(1961-2020)는 2004년에 그것을 에스페란토로 번역했습니다. 그이는 매우 열정적인 에스페란티스트였는데 지금은 아쉽게도 돌아가셨습니다. 이 책은 로테르담에서 열린 세계 에스페란토 협회 올해의 책 부분에서 2004년 아동도서 상을 수상했습니다. 그 후 2005년에는 제 두번째 책 『공포의 삼남매』도 에스페란토로 번역되었습니다. 『침실에서 들려주는 이야기』는 3~9세를 위한 19편의 단편 동화모음입니다. 취침 시간에 읽을 이야기로 상상했습니다. 물론 낮에도 읽을 수 있습니다.

모든 이야기에는 메시지가 있습니다.

크로아티아 아이들은 그 이야기를 좋아했습니다.

한국 독자들도 이 이야기를 즐기면 좋겠습니다.

『침실에서 들려주는 이야기』와 『공포의 삼남매』는 2006년 에스페란토에서 일본어로 번역되었습니다.

저는 에스페란토를 잘하지는 못하지만 이해하고 에스페란토를 좋아합니다. 저는 한국의 진달래 출판사와 연락을 도와주는 크로아티아 에스페란토 협회의 회원입니다.

책을 읽으며 즐거운 시간 되시기 바랍니다.

2021년 12월에
안토아네타 클로부차르

제1부 희귀한 모험......

1-a PARTO: Aventuroj ravaj···

덜렁대는 다람쥐

한때 아빠 다람쥐와 엄마 다람쥐가 살았단다. 아빠 다람쥐는 다람쥐들이 사는 숲에서 덩치가 가장 크고 힘이 가장 센 다람쥐였단다. 덩치가 너무 크니, 이 숲에서 행동이 서툴기로는 최고인 다람쥐가 되었단다. 덩치가 너무 크니 아빠 다람쥐는 여린 나뭇가지에는 오래 서 있을 수도 없었단다. 혹시 그 나뭇가지가 부러질 수도 있기 때문이란다.

또 배가 불룩 나온 아빠 다람쥐가 뛸 때, 그 모습이 아주 이상할 정도로 불편해 보이기도 했단다. 그러니 아빠 다람쥐가 가장 좋아하는 운동이라곤 나무 그늘에서 호두나 개암나무 열매나 도토리를 입에 물기, 나무 구멍 속의 집에서 누워 지내기 정도였단다.

그에 비해, 엄마 다람쥐는 아빠 다람쥐의 절반의 덩치였단다. 엄마 다람쥐는 활달하고 재주가 있었단다. 하지만 엄마 다람쥐에게도 심각한 문제가 있었다. 아주 오래전 엄마가 아주 어렸을 때, 자기 친구들과 술래잡기 놀이를 하였단다. 술래잡기에서 한번은, 당시 엄마는 술래잡기에서 제대로 잘 숨으려고 애썼단다. 엄마는 어느 나무의 좁게 갈라진 틈 속으로 몸을 숨으러 들어갔디. 그런데 그때 엄마는 자신의 두 발 중 하나가 아주 불편하게 놓인 걸 전혀 느끼지 못했다. 엄마가 그 좁은 장소에 숨었으니까, 다른 다람쥐들이 못 찾겠지 하며 생각하니 엄마는 처음에는 행복했다. 결국, 엄마를 아무도 찾지 못했다.

그런데 정작 엄마가 그 틈새에서 빠져나오려 했을 때는, 깜짝 놀랍게도, 자신의 발 하나가 그 자리에서 빼낼 수 없었다. 그래서 엄마는 힘을 다해 발을 빼내 보려고 애를 썼다. 바로 그때 엄마는 "뚝!" 하는 소리를 들었다. 발이 부러진 것이다. 그 발이 너무 아팠다. 그래도 여러 번 발을 빼내려는 노력 끝에 결국 엄마는 그 틈새를 빠져나올 수 있었다.

엄마의 작은 발은 며칠 동안 아팠다.

다행히 그 발은 그 뒤 나았다. 그런데, 그 뒤로 엄마는 이전처럼 재빨리 달릴 수도 없고, 예전처럼 잘 뛰지도 못했다. 그러니 지금 이 엄마 다람쥐와 아빠 다람쥐는 그 숲에 사는 모든 어버이 중에서는 가장 느리고, 가장 서툴렀다.

하지만 중요한 것은 어버이 다람쥐가 행복하게 살아 가고 있다는 점이란다.

어느 날, 엄마 다람쥐가 딸을 낳았다. 부모는 딸 이름을 '파'라고 했다. 그 딸이 부모에겐 파는 숲에서 가장 아름다운 다람쥐였다. 그런 딸 모습을 보는 순간 이 어버이에겐 아주 행복하고 자랑스런 순간이다. 그런데 그 딸의 어버이는 한 가지 일만 몰랐다. 그러나 곧 그걸 이해하게 되었다.

파는 숲에서 가장 덜렁대면서, 가장 유쾌하면서도 호기심 많은 다람쥐다. 작은 덩치에 아는 것은 없고 덜렁대니- 하는 일마다 물가에 내놓은 아이 같았다. 아빠와 엄마는 파가 만들어 오는 걱정거리들로 머리가 아프기 시작했다.

한번은, 이런 일이 있었다.

어버이가 먹거리 구하러 밖으로 나가 일하고 있는 동안, 파는 자신의 집인 나무구멍 속에 혼자 남게 되었다. 그때 파는 오른쪽에서 빛이 들어오는 걸 보았다. 파는 지금까지 자신이 사는 어두컴컴한 집 말고는 다른 곳이라곤 가 본 적이 없었다. 그래서 세상이 궁금해, 파는 바깥세상에 뭐가 있는지 보고 싶은 생각이 들었다. 파는 처음엔 머리만 조금 내밀어 보다가 다시 재빨리 집 안으로 물러났다.

그러나 곧 파는 용기를 되찾아 자신의 몸을 조금 더 밖으로 내밀어, 바깥의 모든 것을 더욱 잘 보려고 했다. 바로 그 순간, 파는 부리로 나무를 쪼고 있는 딱따구리를 보았다. 파는 나무를 쪼는 딱따구리를 더 잘 보려고 몸을 더 숙였다. 그 순간, 처음엔 파는 "우-" 하고, 다음엔 "탁-" 하고, 이어서 "휘-익!" 하고, 끝에는 "툭-" 하는 소리를 듣게 되었다.

파가 나무의 그 구멍 속에서 바깥으로 그만 떨어지는 바람에 온몸이 땅에 부딪힌 것이다. 파는 머리에도 충격을 심하게 받았다. 마침, 다행히 가까이에 엄마가 있었다. 엄마는 딸에게 뭔가 일이 잘못되었구나 하며 걱정하며 곧장 달려왔다. 엄마는 곧 나뭇잎에 물을 떠서는, 파의 머리에 부어 주었다. 어린 다람쥐는 며칠간 머리가 심하게 아팠다. 그 뒤, 아픈 머리가 나아지자, 나무구멍 속에서 밖을 내다볼 때, 파는 더욱 조심하였다. 그래도 파의 덜렁거림은 변함이 없었단다. 아빠와 엄마 다람쥐는 딸인 파를 언제나 사랑했다. 엄마와 아빠는 자주 딸과 놀아 주었다. 엄마 아빠는 딸에게 재미난 이야기도 해 주고, 집 안에서 사냥놀이도 자주 하였다. 물론 술래잡기 놀이도 자주 했다.

엄마 아빠가 술래가 되면, 파가 숨을 곳을 찾아야 했다. 그런데, 파는 아직 어려, 자신이 숨은 곳을 엄마 아빠가 곧장 알아내는 것을 잘 이해할 수 없었다. 엄마 아빠는 숨은 딸을 쉽게 찾지 못하는 시늉을 했다. 어쨌든 파는 그 놀이를 할 때면 언제나 즐거웠다. 그 놀이 말고도 파는 다른 놀이 한 가지도 좋아했다. 그러나 아빠 엄마는 그 놀이를 싫어했다.

그 놀이는 "떨-어-졌-다!"라고 하는 놀이였다.

파가 집에 모아 놓은 개암나무 열매나 도토리나 호두를 집 밖으로 내던지면, 엄마 아빠가 이를 다시 주워 오는 놀이다. 엄마 아빠는 그 놀이를 허락하지 않았지만, 한두 시간이 지나면 이미 자신들이 사는 나무 옆의 땅엔 개암나무 열매들이 내던져져 있었다. 세월이 흘러, 파가 좀 더 자라자, 엄마 아빠는 파에게 나무구멍 바깥으로 나가는 걸 허락했다.

그러나 파는 여전히 장난을 좋아했다.

언제나 가장 높은 가지에 올라가고, 또 가장 약한 가지에 오르는 이는 파였다. 파는 같은 또래의 다른 다람쥐들이 생각하지 못한 것도 했다. 파에겐 이 놀이가 특히 좋았다. 그 놀이는, 다리 하나를 나뭇가지에 걸치고, 거꾸로 매달려 있기(딸을 둔 엄마 아빠에겐 당혹한 일이지만!)나 나무 꼭대기에서 다리 하나로 서 있기였다. 작은 덩치의 파는 숲에서 가장 능숙하긴 해도 몇 번은 너무 덜렁거렸다. 한번은, 파가 자신의 앞에 서 있는 나무도 보지 않은 채, 급히 달리다가 그 나무에 부딪히는 바람에 작은 이빨이 부러졌다.

다행히 그 이빨은 젖니라 그 부르진 자리에 곧 새 이빨이 생겼다.

그 사건 뒤로 파는 자신이 어떻게 뛰어야 하는지와, 어떻게 하면 잘 뛰는지를 더 잘 이해하기 시작했다. 시간은 흘러 파는 계속 자랐지만, 더욱 사려 깊고 현명해졌다고는 말할 수 없었다.

그녀는 언제나 활달하고 장난꾸러기였고, 엄마 아빠는 언제나 긴장한 채 보고 있다.

그러던 어느 날, 이 숲에 아주 위험한 일이 생겼다. 다람쥐들이 사는 숲에 포악한 담비 한 마리가 나타났다.

이미 다람쥐 몇 마리가 주의를 기울이지 않다가 담비에게 자신의 생명을 빼앗겼다. 두려움은 모든 다람쥐 가슴에 자리 잡기 시작했다. 다람쥐들은 뭔가 먹어야 할 때만 밖으로 나왔고, 언제나 자신의 주변을 살피는 것을 게을리하지 않으려고 했다.

그런데, 파만 이전과 별 차이 없이 생활했다. 파는 달리기도 하고 제자리 뛰기도 하며 마치 아무 일도 일어나지 않은 것처럼 생활했다. 모두가 파를 부러워했지만, 파는 다른 다람쥐들의 말을 듣지 않고, 반대로 그렇게 말하는 이들이 담비를 너무 무서워한다고 말했다.

그런데 어느 날, 파가 이 나무에서 저 나무로 뛰놀면서 울새가 지저귀는 노래를 즐거이 듣고 있었다. 그러던 때, 파가 그 담비와 부딪힐 뻔했다. 그 순간이 파에게는 너무나 무서워, 그 상황을 생각할 틈조차 없었다. 파는 곧장 온 힘을 다해 내뺐다. 담비도 파를 쫓아 왔다. 파와 담비는 이 가지에서 저 가지로, 이 나무에서 저 나무로 내달렸다. 파는 몇 번인가 담비로부터 간발의 차이로 내뺄 수 있었다. 파는 능숙한 건너뛰기를 통해 위기를 피해 갔다. 파는 자신이 평소 기진 제주로 달이났다. 파는 가장 약한 가지로 올라가, 가장 미끄러운 가지로 올라가서는 위험을 벗어나려고 했다. 그러나 담비도 포기하지 않았다. 파는 점점 힘이 빠지고 더욱 지쳐만 갔다. 파에겐 죽음의 두려움이 더 세차게 다가왔다. 이젠 파에겐 평소 건너뛰는 거리보다 두 배나 먼 거리의 두 나무 사이를 건너뛰어야만 했다. 마침내 파는 절망 속에서 마지막 힘과 용기까지 냈다. 파로서는 이제 잃을 것도 없었기 때문이었다. 파는 다른 나무를 향해 공중으로 뛰었고, 담비도 다람쥐 파를 뒤따라 뛰었다.

그러나 그 둘 다 건너뛰기엔 성공하지는 못했다. 둘 모두 땅바닥으로 떨어졌단다. 그런데 담비는 떨어지는 충격으로 곧 숨을 거두었단다.

다행히도 다람쥐 파는 심한 부상에도 불구하고 목숨은 건질 수 있었단다. 파는 점차 그 날의 부상에서 회복하게 되었단다. 그 뒤로는 파는 덜렁대는 일은 절-대-로 하지 않는 다람쥐가 되었단다.

SCIURO MALTRANKVILA

Estis iam paĉjo kaj panjo sciuroj.

La paĉjo estis la plej granda kaj la plej forta sciuro en la tuta arbaro. Sed li estis tro granda, kaj pro tio la plej mallerta sciuro en ĝi. Li ne povis stari sur maldikaj brancetoj, por ke iu el ili ne rompiĝu, kaj la granda ventreto ĝenis lin dum saltado. Tial lia plej ŝatata sporto estis mordetado de nuksoj, aveloj kaj glanoj en ombro de iu arbo, aŭ plezura kuŝado en ilia agrabla loĝejo en arbotruo.

La panjo sciuro estis je duono malpli granda ol la paĉjo. Ŝi estis vigla kaj maltrankvila, sed ŝi havis grandan problemon. Iam antaŭ longa tempo, dum ŝi estis ankoraŭ tre malgranda, ŝi ludis kaŝludon kun siaj amikoj. Ŝi deziris sin kaŝi kiom eble plej bone. Tial ŝi enŝovis sin en iun tre mallarĝan arban fendaĵon. Ŝi tute ne rimarkis, ke ŝi tre maloportune metis unu piedeton. Unue ŝi feliĉis, ĉar neniu eĉ ekpensis, ke oni povus sin kaŝi en tiu loko. Neniu ŝin trovis. Sed kiam ŝi provis eliri, kun teruro ŝi komprenis, ke la piedeton ŝi ne povas eltiri. Ŝi provis eltiri ĝin per forto, kaj tiam aŭdiĝis "krakk!". La piedeto rompiĝis kaj forte doloris.

Apenaŭ ŝi sukcesis alsalti sian arbotruon. Dum tagoj doloris la piedeto. Finfine ĝi resaniĝis, sed panjo neniam plu povis kuri tiom rapide kaj salti tiom bone, kiel antaŭe.

Pro ĉio ĉi, la paĉjo kaj panjo estis la plej malrapida kaj la plej mallerta sciura paro en la tuta arbaro. Sed gravas, ke ili vivis en bela harmonio.

Iun tagon panjo naskis etan filinon sciuron. Ili nomis ŝin Pa. Pa estis la plej bela sciureto en la arbaro, kaj la gepatroj estis tre feliĉaj kaj fieraj. Unu aferon ili tamen ne sciis, sed baldaŭ ili ĝin komprenis. Pa estis ankaŭ la plej maltrankvila, la plej gaja kaj scivolema sciuro en la arbaro. Esti tiom eta kaj scii nenion, kaj samtempe esti tiom maltrankvila — jen afero tre danĝera. La paĉjon kaj panjon baldaŭ komencis dolori la kapoj pro zorgoj kaj problemoj, kiujn kaŭzis Pa.

Kiam Pa unuafoje restis sola en la arbotruo, ĉar la gepatroj foriris serĉi manĝaĵon, ŝi vidis, ke de ekstere alvenas ia lumo. Ŝi ankoraŭ neniam estis ekster la malluma loĝejo. Estante scivolema, ŝi ekdeziris vidi, kio estas tie ekstere. Unue ŝi nur iomete elmetis la kapon kaj rapide sin retiris. Sed tuj ŝi kuraĝiĝis kaj klinis sin ĉiam pli kaj pli, kun la deziro vidi ĉion pli bone. En unu momento ŝi ekvidis pegon, kiu frapis la arbon per beko. Dezirante pli bone vidi la pegon, ŝi ankoraŭ iom pli kliniĝis. Tiam aŭdiĝis unu "uh!" kaj "krakkk", poste "fiuuuu" kaj fine "tuppp".

Pa falis el la truo kaj tutpeze frapegis la teron. Ankaŭ ŝia kapo ricevis fortan baton. Panjo estis en la proksimo. Ŝi tuj alkuris kun granda timo pro la etulino. Tuj ŝi komencis porti akvon en folioj kaj metadi ĝin sur ŝian kapon. La etulino ankoraŭ kelkajn tagojn havis fortan kapdoloron. Poste tio ĉesis, kaj ŝi fariĝis multe pli atenta dum rigardado el la arbotruo. Nur maltrankvila restis ŝi plu.

Paĉjo kaj panjo sciuro amis multe sian Pa. Ofte ili ludis kun ŝi. Ili rakontis al ŝi rakontojn, kaj ofte ili ĉasis unu la aliajn en sia loĝejo. Ankaŭ la kaŝludo estis ofta. Pa sin kaŝis, kaj la gepatroj ŝin serĉis. Pa estis eta, kaj tial ŝi ne komprenis, ke la gepatroj tre bone scias, kie ŝi povus esti. Ili nur ŝajnigis, ke ili neniel povas ŝin trovi, kaj ŝi tre feliĉe ĝuis la ludon.

Ankoraŭ unu ludon ŝatis Pa. Sed tiun ne ŝatis la gepatroj. Ĝi nomiĝis "falis". Pa ĵetadis avelojn, glanojn kaj nuksojn el la loĝejo, kaj pa ĉjo kaj panjo iris por ilin repreni. Ili ĉiam malpermesis tiun ludon, sed post du-tri momentoj jam denove aro da glanoj estis sur la tero apud ilia arbo.

Kiam ŝi iom kreskis, la gepatroj permesis al ŝi eliri el la truo. Sed Pa daŭre faris petolaĵojn. Ĉiam ŝi grimpis al plej altaj arboj, kaj sur plej maldikajn branĉetojn. Ŝi faris tion, pri kio aliaj sciuretoj eĉ ne povis ekpensi. Ŝi adoris ĉi tiun ludon: per piedoj alkroĉi iun branĉon kaj pendi renverse (teruro por ŝiaj gepatroj!), aŭ stari nur unupiede sur pinto de iu arbo.

Ŝi estis la plej lerta sciureto en la arbaro, sed kelkfoje tro malatenta. Ekzemple, foje ŝi saltis plenrapide kaj frapis sin kontraŭ iu arbo tiom forte, ke elfalis unu ŝia denteto. Feliĉe, ĝi estis laktodento, kaj poste kreskis la nova. Kaj Pa komencis pli bone rigardi, kiel kaj kien ŝi saltas.

La tempo pasadis kaj Pa kreskis kaj kreskis, sed oni ne povis diri, ke ŝi fariĝis ankaŭ pli serioza kaj saĝa. Ŝi restis same vigla-petola kaj la gepatroj jam komencis iom zorgi.

Kaj unu tagon en la arbaro aperis granda danĝero.

En ilian arbaron venis terura mustelo. Jam

kelkaj sciuroj pagis per la vivo sian malatenton. Timo ekregis en etaj koroj de sciuroj. Ili nur tiam eliris el siaj loĝejoj, kiam ili devis ion manĝi, kaj eĉ tiam tre tre singarde. Nur Pa restis la sama kiel antaŭe. Ŝi kuris, saltis kaj ĝojis, kvazaŭ nenio estus okazanta. Ĉiuj ŝin admonis, sed Pa ne volis aŭskulti iliajn vortojn, opiniante, ke ili troigas kun zorgoj.

Sed unu tagon, saltante de arbo al arbo kaj ĝuante kanton de rubekolo, ŝi preskaŭ interfrapiĝis kun la mustelo. En tiu momento Pa ege ektimis, sed tempon por timo ŝi ne havis. Tuj ŝi ekkuregis plenrapide, kaj la mustelo ŝin sekvis.

Ili saltis de branĉo al branĉo, de arbo al arbo; kelkfoje nur sekundo mankis, por ke Pa estu kaptita, sed ĉiam ŝi forkuris per lerta salto. Ŝi uzis tutan sian lertecon, ŝi grimpis al plej etaj branĉetoj, al plej glitigaj branĉoj, sed la mustelo ne rezignis.

Tial Pa fariĝis laca, ĉiam pli kaj pli. Ŝi sentis teruran timon, kiu ŝin premadis kaj premadis. Kaj finfine, per la lastaj fortoj, kun kuraĝo de malespero, ŝi decidis fari salton inter du arboj, duoble pli grandan ol normale. Ŝi havis nenion por perdi. Ŝi saltis trans la abismon, kaj la mustelo post ŝin. Neniu el ili sukcesis. Ili falis al la tero. La mustelo tuj mortis. Kaj Pa estis multe vundita. Tamen ŝi postvivis kaj resaniĝis. Sed neniam plu ŝi estis Sciuro Maltrankvila.

주의력 약한 어린 고슴도치

이번엔 고슴도치 **바스락**의 이야기 들려줄게. 어느 대도시에 공원이 있었단다. 그 공원에는 고슴도치 가족 세 마리가 살고 있었단다. 그 가족은 공원 안의 오래된 밤나무의 그루터기 밑에 살고 있었단다.

가족 중에는 바스락 이라는 이름을 가진 어린 고슴도치가 있었단다. 그 가족이 사는 곳은 아주 조용하였으나 대도시의 공원은 그렇지 못했단다. 낮이면 공원에는 소리 지르며 달리기하는 아이들도 있고 웃거나 싸우는 아이들도 많단다.

아이들은 우리에게 큰 기쁨을 안겨 주지만 아주 시끄러운 다른 일도 많이 벌인다. 아이들 말고도, 공원에는 공원을 가로질러 조용히 걷는 사람도 있고 한가롭게 걸으며 산책하는 사람도 있었다. 밤이면 공원엔 평화가 다시 자리한다. 간혹 지나가는 사람들을 제외하고는 공원의 고요함을 깨는 이는 아무도 없었다.

그 때, 고슴도치들은 밖으로 나다닌다.

고슴도치들은 공원을 찾아온 사람들이 남긴 음식을 찾아다닌다. 이런 음식은 그들에겐 잔칫날 밥상이다. 새 아침이 되기 전에 그들은 공원의 그루터기 밑의 터전으로 돌아온다.

공원 옆에는 큰 도로가 나 있었다.

도시에서 가장 교통량이 많은 곳이라, 이 도로에는 사람들이 출입하는 곳마다 교통 신호등이 있었다.

그럼에도, 도로에서는 교통사고가 자주 일어난다.

학부모라면 자녀가 학교의 등교 때도 자녀 안전을 생각하고, 수업 마치고 귀가할 때에도 자녀들이 안전하게 귀가하길 걱정한다.

언제나 학부모는 자녀에게 그 도로를 지나다닐 때는 주의, 또 주의해야 한다고 당부 또 당부한다.

사람들과 마찬가지로, 아빠 고슴도치와 엄마 고슴도치도 자기 아이인 바스락에게 늘 이야기한다.

다른 아이들과 마찬가지로 어린 고슴도치도 궁금한 것이 아주 많다. 그러나 그 어린 고슴도치는 자신에 대해선 별로 주의를 기울이지 않았다. 어린 고슴도치는 자기 앞에 나타나는 이 물건 저 물건을 시험 삼아 건드려 보지만, 그것이 위험하단 생각은 전혀 하지 않는다.

고슴도치 부모는 어린 새끼에게 사람들에겐 다가가면 절대 안 된다고 늘 잊지 않고 말해 왔다.

사람들이 동물을 보면, 그 동물을 잔인하게 대할 수도 있다고도 말했다. 키가 작아 보이고 동정심이 있는 아이들도 때론 동물을 보면 착하진 않다며, 때로는 더욱 해코지할 수도 있다고 했다.

특히 그 부모는 어린 고슴도치에게 당부하길, 질식시킬 정도로 요란하고 매캐한 냄새나고 공포의 빛을 눈에서 쏘는, 공포의 금속 괴물들은 더욱 주의하라고 했다.

사람들은 그런 괴물을 자동차라 부른다.

어린 고슴도치 몇 마리가 벌써 그 괴물들이 다니는 도로를 가로질러 가려다가, 그들 중 아무도 돌아오지 못했다. 더구나 그 괴물을 그들을 붙들어 잡아먹었다고 했다.

그 어린 고슴도치는 그런 이야기를 들으면서 두 눈이 휘둥그래질 정도로 놀랬다.

하지만 그는 그 이야기들을 통해 자신의 어버이가 기대한 것과는 전혀 다른 인상을 받았다.

그는 공포의 괴물들이 보고 싶고, 그런 괴물을 생각하면 더욱 보고싶어했다.

더구나 그는 그 무서운 도로를 혼자 건너가, 또 맞은 편에 뭐가 있을지 알게 되면, 또 마침내 영웅처럼 귀가하게 되면 어떨까 하면서 신나는 상상까지 해보았다.

하루는, 고슴도치 바스락은 결심했다.

그날 밤 나들이를 하다가 도중에 갑자기 그는 자기 부모에게 지금 잠이 아주 많이 온다고 말했다. 그러자 그 가족은 평소보다 일찍 집으로 돌아왔다. 부모가 먼저 잠들자, 그는 자지 않고서 자신이 사는 구멍에서 소리내지 않고 조용히 빠져나와, 그 도로를 향해 서둘러 나섰다.

그의 심장은 겁이 나, 콩알만큼 작아졌으나, 뭔가 이상한 힘에 이끌려 도로를 향해 계속 가게 되었다. 도로에 도착한 그는 먼저 키 작은 나무들을 발견하고, 그 속으로 몸을 숨겼다.

완전히 두려움 속에서 그는 자신이 숨은 곳 옆으로 굉음을 내며 달려가는 그 공포의 괴물들을 보게 되었다.

괴물들의 모습은 그가 상상한 것보다 더 나빴다.

그는 곧 괴물이 자신의 앞에 선 채, 자신을 잡아먹을 것으로 지레짐작해 자기 몸이 나뭇잎처럼 떨렸다. 그러나 다행히도 멈추는 괴물은 없었다.

　괴물들은 이곳에서 저곳으로 내달리며 커다란 소음만 낼 뿐이다. 또 서로 싸우는 듯한 소리도 내기도 하였다. 그러나 아무도 고슴도치에 주목하는 괴물은 없다. 그래서 어린 고슴도치는 조금 용기가 생겼다. 그는 이제 저 괴물들은 전혀 무섭지 않다고 생각을 고쳐먹기조차 했다. 이제 자신에 찬 그는 그렇게 도로에서 괴물들이 달려가는 광경을 구경한 뒤, 집으로 돌아왔다.

　그렇게 하여 며칠이 흘렀지만, 그 어린 고슴도치는 도로로 가지 않았다. 그에겐 괴물들을 정말 보았으니, 이제 더는 그의 관심거리가 아니었다.

　그런데 그 뒤, 그에겐 또 다른 궁금한 생각이 들었다.

　'만일 부모님 말씀대로 도로 맞은편으로 간 다른 고슴도치들이 아무도 돌아오지 못했다는데, 도대체 그 맞은편에는 뭐가 있을까? 아마 엄마 아빠는 아무것도 모르고 그렇게 말한 것일까?

　아마 괴물들에게 아무도 잡아먹히지 않은 채, 그쪽으로 간 고슴도치들이 더는 돌아오고 싶지 않을 정도로 그곳은 아름다울까?'

　며칠간, 어린 고슴도치는 이런저런 생각에 잠겨 지냈다. '부모님 말씀을 들을까? 아니면 도로를 한번 통과해 볼까?'

　결국 그는 자신의 호기심을 누르지 못했다.

어느 날의 밤에, 그는 오늘은 잠이 일찍부터 온다며 부모에게 말하자, 가족은 다른 날보다는 일찍 집으로 돌아왔다. 부모가 잠든 틈을 타, 그는 집에서 나와서는 도로를 향해 갔다. 그날 밤에는 괴물들이 적게 지나다녔다. 그래서 그는 자신이 도로를 쉽게 건널 수 있겠구나 하고 생각했다. 그는 조심조심 도로를 향해 기어가기 시작했다.

바로 그 순간 그가 지난번에 본 적이 있는 모든 괴물과는 상대가 되지 않을 정도로 큰 괴물이 아주 큰 소리로 다가오고 있었다.

그건 트레일러가 달린 트럭이었다.

바스락 고슴도치는 너무 겁나, 기어가던 도로의 한가운데서 그만 서버렸다. 그에겐 건널 시간이 충분했지만, 그의 네 발은 전혀 자신의 의도대로 움직이지 않았다. 이제 괴물은 계속 다가왔다.

바스락은 이제 자신이 죽었구나 하고 생각했다. '저 괴물이 나를 잡아먹을 것이니, 그가 그곳에서 그런 일을 당했다는 걸 아는 이는 아무도 없겠구나.' 그 순간 그는 부모님 말씀을 듣지 않은 걸 정말 후회했다.

괴물은 곧장 다가왔지만, 두려움에 사로잡힌 자신을 잡아먹지는 않았다.

대신, 그 괴물은 그를 한번 때리고는 지나가 버렸다. 그러자 그는 옆으로 튕겨졌다. 튕겨 나간 바스락은 머리가 아주 아팠고, 그의 두 눈엔 모든 것이 까맣게 보였다. 그리고는 기절해 버렸다.

한편 엄마는 자다가 일어나 보니, 아들이 없어졌다

는 걸 알게 되었다. 황급히 엄마는 아빠를 깨웠다. 부모 고슴도치는 아들을 찾아 나섰다.

공원을 다 뒤져 보았지만, 그들은 아들을 찾아내지 못했다.

크게 낙심한 그들은 도로가 난 곳으로 나왔다. 그리고 그곳에서 도로 옆에 조용히 누워 있는 아들을 발견했다. 처음에는 아들이 죽었구나 하고 그들은 생각했다.

그들이 아들에게 다가가 보니, 아들은 아직 숨쉬고 있음을, 숨을 겨우 내쉬고 있음을 알았다.

그들은 아들을 집으로 천천히 끌고 왔다.

몇 시간이 지난 뒤 아들은 깨어났다. 그는 머리를 세게 부딪힌 충격으로 머리가 정말 아주 아팠다.

또 그는 지금은 잘 볼 수도 없었다.

그는 모든 사물이 겹쳐 보였다. 나중에 여전히 몇 달간 그는 병석에서 일어나지 못한 채 있었다. 다행히 머리가 아픈 것은 사라졌지만, 시력은 아주 천천히 회복되고 있었다.

이제 사물이 겹쳐 보이진 않았지만, 모든 사물이 그의 눈앞에서 흐릿하게 보이는 경우가 더러 있었다. 그런 사건이 난 이후로 그는 이제 그 도로로 한번도 가지 않았다.

나중에 어른이 되자, 이제 아빠가 된 그는 호기심이 많은 새끼 고슴도치들에게 '너희들을 잡아먹지는 않겠지만, 너희들이 건너가면 안 되는' 위험한 괴물들에 관한 이야기를 해 주었다.

그가 그렇게 이야기를 잘하고 이해하게 해 주니, 어린 고슴도치들 아무도 그와 같은 시도를 하지 않았단다.

NEATENTA ERINACETO

Jen la rakonto pri la erinaco Susurĉjo.

Li vivis kun la familio sub la stumpo de la malnova kaŝtana arbo, en la parko, en granda urbo. Kvankam en ilia loĝejo estis silento kaj trankvilo, en la parko jam ne estis tiel. Dum la tago la parko estis plenplena de infanoj, kiuj kriis, kuris, ridis, kverelis kaj faris multon alian, kio estis tre ĝojiga, sed ankaŭ tre brua. Krom la infanoj, estis tie ankaŭ promenantoj, kiuj tamen pasadis tra la parko trankvile kaj silente. Dum nokto la parko retrankviliĝis kaj krom maloftaj preterpasantoj neniu rompis la silenton kaj trankvilon. Tiam erinacoj eliradis. Ili serĉis restojn de manĝaĵo. Tio estis por ili la plej ŝatata manĝofesto. Kaj antaŭ mateno ili ĉiam revenis al sia loĝejo sub la stumpo.

Apud la parko estis granda ŝoseo. Ĝi estis unu el la plej trafikplenaj en la urbo kaj pro tio ĉe la piedirantaj pasejoj staris trafiklumoj. Malgraŭ tio, tie ofte okazis akcidentoj. Speciale zorgegis gepatroj pri siaj infanoj, kiam tiuj iris al la lernejo aŭ reiris el ĝi. Ĉiam ili admonadis ilin, ke ili devas atenti, kiam ili iras trans la ŝoseo.

Same tiel la paĉjo erinaco kaj la panjo erinaco admonadis sian Susurĉjon. Sciu, ke li, kiel cetere ĉiuj infanoj, estis tre scivola kaj nesingarda. Ĉion li devis vidi kaj provi, tute ne pensante, ke tio povus esti danĝera.

La gepatroj lin avertis, ke al homoj li neniel rajtas proksimiĝi. Ke ili povas esti tre malmildaj kontraŭ bestoj. Eĉ la infanoj, kvankam malpli grandaj kaj pli simpatiaj, ne estas pli bonaj, sed povas esti eĉ pli malbonaj. Kaj speciale li gardu sin kontraŭ tiuj teruraj metalaj monstroj, kiuj tiel abomene bruas, aĉe odoras kaj havas teruran lumon en la okuloj. Ili volis diri: aŭtomobiloj. Jam kelkaj erinacetoj provis transiri la ŝoseon, tra kiu tiuj monstroj moviĝas, sed neniu el ili revenis. Certe ili estas formanĝitaj!

La erinaceto kun okuloj larĝaj pro miro aŭskultis tiujn rakontojn, sed ili al li faris tute alian impreson, ol tiun, kiun deziris la gepatroj. Li ĉiam pli kaj pli deziris vidi tiujn terurajn monstrojn. Krome li imagis, kiel bele estus sola transiri tiun timigan ŝoseon, vidi kio estas en la alia flanko, kaj reveni hejmen kiel heroo.

Kaj Susurĉjo faris la decidon. Tiun nokton li diris al la gepatroj, ke li estas tre dormema, pro kio ili revenis hejmen pli frue ol kutime. Tuj kiam la gepatroj endormiĝis, li sin eltiris mallaŭte el la truo, kaj rapide foriris al la ŝoseo. Lia koro preskaŭ falis en la piedojn pro timo, sed iu stranga forto lin pelis tien. Kiam li venis al la ŝoseo, li trovis arbustojn kaj tie sin kaŝis. Plena de timo li rigardis terurajn monstrojn, kiuj pasadis apud li kun granda bruo kaj krakado. Ili aspektis eĉ pli malbone ol li imagis. Li tremis kiel folio, kredante ke baldaŭ iu monstro haltos kaj lin formanĝos. Sed neniu haltis. Ili nur kuris tien kaj reen, bruis kaj kverelis unu kun la alia, sed neniu priatentis lin. Tial li kuraĝiĝis. Li komencis opinii, ke tiuj monstroj tute ne estas tre teruraj. Plena de fiero li revenis hejmen.

En kelkaj sekvaj noktoj Susurĉjo ne iris al la ŝoseo. La monstrojn li ja vidis, kaj ili ne plu estis interesaj. Sed poste lin pikis la scivolo: kio estas tie en la alia flanko de la ŝoseo, se ankoraŭ neniu de tie revenis? Eble liaj gepatroj ne pravas? Eble tiuj monstroj neniun formanĝis, sed tie estas tiom bele, ke neniu plu deziris reveni?

Kelkajn tagojn li hezitis: ĉu obei la gepatrojn aŭ tamen provi transiri la ŝoseon? Kaj finfine venkis lia scivolemo.

Denove li diris al la gepatroj, ke li estas dormema, kaj ili pli frue revenis al la loĝejo. Tuj kiam ĉiuj endormiĝis, li eliris kaj rapidis al la ŝoseo. Ĉi-nokte ne estis multaj monstroj, kaj li pensis, ke li transiros facile. Singarde li surpaŝis la ŝoseon. En tiu monento kun terura bruo komencis proksimiĝi iu monstro multe pli granda ol ĉiuj aliaj, kiujn li vidis lastfoje. Estis tio kamiono kun remorko. Susurĉjo ektimis kaj restis sur la ŝoseo. Li havis sufiĉan tempon por transiri, sed liaj piedoj lin tute ne obeis. La monstro daŭre proksimiĝadis. Susurĉjo pensis, ke li pereos. Ĝi formanĝos lin kaj neniam iu scios, kio al li okazis. En tiu momento li ege bedaŭris, ke li ne obeis la gepatrojn.

La monstro tute proksimiĝis, kaj ne formanĝis lin, kion li atendis, sed ĝi nur frapis lin kaj forĵetis lin flanken. Susurĉjon tre ekdoloris la kapo, ĉio nigriĝis antaŭ liaj okuloj kaj li svenis.

Intertempe lia panjo vekiĝis kaj vidis, ke li forestas. Rapide ŝi vekis la paĉjon kaj ili foriris lin serĉi. La tutan parkon ili traserĉis, sed trovi lin ili ne sukcesis. Kun granda timo ili foriris al la ŝoseo. Kaj tie ili vidis lin trankvile kuŝanta apude. Unue ili pensis, ke li estas morta. Tiam ili venis al li kaj rimarkis, ke li spiras, sed apenaŭ. Malrapide ili fortrenis lin al la loĝejo. Post kelkaj horoj li vekiĝis. Li ricevis fortan frapon ĉe la kapo, tiel ke la kapo terure doloris, kaj li ne vidis bone. Li vidis ĉion duoble.

Ankoraŭ monatojn poste li estis malsana. La kapo baldaŭ ĉesis dolori, sed la vidkapablo tre malrapide pliboniĝis. Ne plu li vidis duoblan bildon, sed ofte ĉio fariĝis malklara antaŭ la okuloj.

Al la ŝoseo li neniam plu iris. Kaj kiam li plenkreskis, li rakontis al scivolaj erinacetoj rakonton pri danĝeraj monstroj, kiuj vin ne formanĝos, sed kiuj ne permesos al vi transiri la ŝoseon. Tiel bone li tion rakontis, ke neniu eta erinaco tion provis fari.

어린 코끼리 맹돌이

아프리카에는 큰 무리를 지어 살아가는 어떤 코끼리들이 있었단다. 그 무리 속에 어린 코끼리 **맹돌이**가 살고 있었단다. 그 무리에 속한 코끼리 중에 어린 코끼리도 많이 있는데, 그 어린 것들의 덩치도 다양하고, 키도 다양하단다.

맹돌이가 끼여 노는 놀이에는 언제나 친구가 많다. 맹돌이는 놀이를 할 때면 그 놀이에 푹 빠져 있었다. 그가 얼마나 놀이를 좋아하는지를 보면, 밥 먹는 시간도 잊고, 잠자는 시간도 잊을 정도로 놀이에 정신이 팔려 있었다. 그는 같은 코끼리들과의 놀이는 물론이거니와, 자신이 만나는 모든 다른 동물과도 놀아 보려고 했다. 어린 원숭이들이 나무 위에서 뛰어다니는 걸 보면, 그도 직접 한 그루의 나무 위로 올라가 보려고 했다.

그러나 못할 일이었다.

아무리 힘들여 애써 보아도 그는 언제나 미끄러지기만 하고 때로는 뒤로 벌러덩 넘어지기까지 했다. 결국에는 그 나무를 세게 휘어잡다가 그만 그는 자신의 배에 심하게 상처 입어 어머니로부터 꾸지람을 듣기도 했다.

한번은, 제비들이 화살처럼 빠르게 낮은 쪽으로 날아가는 모습을 보았다. 그것이 그에게 얼마나 재미있게 보였는지! 그는 어느 동산 꼭대기로 올라가서 자신도 날 수 있을 줄 알고 훌쩍 뛰어내려 보았다. 안타깝게도 그는 자신의 뒷다리에 아-름-다-운 푸른 멍이 들게 되었다. 그래서 어머니로부터 앞으로는 높은 곳에서 훌쩍 뛰어내리는 놀이를 하면 절대로 안 된다는 엄한 꾸중을 들었다. 더구나 그런 꾸중을 듣지 않아도 그는 그 사건으로 충분히 알게 되었다. 그렇게 떨어져 본 뒤로 그만큼 높은 낭떠러지에 서는 것조차 무서워했다.

이제는 한사코 그런 일을 하지 말아야지 하고 그는 스스로 다짐했다. 그러나, 나중엔 땅굴을 드나들며 술래잡기 놀이를 즐기며 노는 어린 토끼들을 보게 되었다. 어린 토끼들이 속이 빈 나무둥치를 드나드는 것을 보는 게 그에겐 아주 즐거웠다. 그때, 그의 머리 속에 어떤 생각이 떠올랐을지 여러분은 한 번 추측해 보렵니까?

당연히 그는 곧 다음과 같은 결정을 이렇게 내렸다. 그는 속이 빈 아주 큰 나무둥치를 하나 골라, 그 안으로 자신의 머리를 집어넣어 보았다. 집어넣기가 그리 쉽지 않았다. 그러나 재미있었다. 그런데 아뿔싸! 그러다 그는 그 구멍에 끼어 버려, 앞으로도 들이밀 수도 뒤로 내뺄 수 없는 처지가 되어 버렸다. 그러니 그 코끼리는 아주 세게 울음을 터뜨렸다. 그 바람에 그로부터 몇 미터 가까이 모든 나무가 흔들릴 정도였다. 그 순간, 나무 위에 놀던 어린 원숭이가 떨어지기조차 했다. 다른 코끼리들이 그 나무둥치의 구멍을 머리로 막고는 어쩔 줄 몰라 하는 맹돌이를 바라보며 놀라워했다.

마침내 엄마와 아빠가 맹돌이를 찾아 왔다. 엄마는

맹돌이를 당겼고, 아빠는 맹돌이가 끼어 있는 나무둥치를 당겼다.

그렇게 힘껏 서로를 잡아당기자, 하마터면, 어린 코끼리가 목숨을 잃어버릴 뻔했다.

마침내, 엄마 아빠의 가상한 노력으로 맹돌이가 나무둥치에서 몸을 가까스로 빼낼 수 있게 되었다. 부모는 그런 맹돌이 모습이 너무 가여워, 맹돌이의 그런 행동을 꾸짖을 엄두도 못 낼 정도였다.

맹돌이 목의 살갗에는 완전히 긁힌 상처 자국이 나 있었다. 그때문에 맹돌이는 이젠 다른 아무것도 하고 싶지 않을 정도였다.

하지만, 그의 부모는 어린 코끼리가 곧 다른 궁리를 해낼 것으로 확신하고 있었다. 맹돌이는 겨우 며칠만 조용히 지냈다. 그동안은 정말 달리 선택의 여지가 없었다.

온몸이 아팠기 때문이었다.

그가 제대로 조금씩 움직일 수 있자, 놀이에 대한 열망은 다시 고개를 쳐들기 시작했다. 처음엔 여느 다른 새끼 코끼리처럼 그는 놀았다. 헤엄도 치며, 물을 자신에게 튕겨 보기도 하고, 다른 코끼리를 밀쳐 보기도 하였다. 그러나 곧 그런 놀이는 이제 너무 쉬웠다. 그는 다른 새 놀이를 만들고픈 생각이 많이 났다. 새 놀이를 생각해 보다가 새끼 사자 두 마리가 노는 모습을 보게 되었다. 그 두 새끼 사자들은 어린 고양이들처럼 장난치며 놀고 있었지만, 어린 고양이마냥 덩치도 작았다. 그들은 연이어 서로를 뛰어넘고 구르기도 하였다. 또 상대방의 꼬리나 귀를 잡아당기고, 서로 간지럽히기도 했다.

맹돌이는 그렇게 노는 사자들의 모습을 보고는 자신도 저 새끼 사자들과 함께 놀 수 있겠구나 하고 결론을 내렸다. 작은 덩치의 새끼 코끼리이지만 그의 몸무게는 이백 킬로그램은 되었다. 그는 이제 그 어린 사자들과 함께 구르기를 시작하였다.

그러다가 그는 그 사자 중 하나를 위에서 깔아뭉갤 뻔 했다. 이 모습을 본 어미 사자가 화를 벌컥 내고는 그 새끼들을 보호하려고 코끼리 맹돌이에게 다가가, 그만 세게 물어 버렸다.

어미 사자에게 물린 맹돌이는 울부짖으며 걸음아 날 살려라- 하고 달아 났다.

다행히 그때 엄마 코끼리가 다가와, 그 어미 사자와 맞섰다. 그 뒤 어미 사자는 자신의 어린 새끼들을 불러 모아서는 함께 황급히 물러 났다. 사자에 물린 상처로 인해 맹돌이는 며칠간 아팠다. 그렇게 그는 사자들과 함께 놀면 안 된다는 것을 배우게 되었다. 그럼에도 아직 철도 들지도 못해, 다른 종류의 짐승과 함께 노는 것도 포기하지 않았다. 사자와의 그 사건이 있은 한달 뒤, 그는 늪에서 목욕하고 있었다.

그런데 그는 물 위에 떠 있는 악어들을 발견하게 되었다. 그는 물 위에 떠 있는 악어들의 모습이 마치 무슨 나무처럼 보여, 그 모습에 반해 버려서 자신도 악어처럼 물속에서 헤엄치는 시도를 했다. 물론 이 놀이에 그는 실패했다. 악어들은 맹돌이의 그런 모습에 호의적이었으나 그를 좋아하는 방식은 달랐다. 악어들은 어린 코끼리를 점심때의 아주 좋은 먹거리로 결론지었다.

악어들은 그 어린 코끼리에게 천천히 다가왔다. 맹돌이는 위험을 이해하지 못하고 있었다. 그는 악어들이 자신과 함께 놀기를 원하는 줄 알고 기뻐하기조차 하였다. 만일 엄마 코끼리가 무슨 일이 일어났는지 알아차리지 않았더라면, 또 엄마 코끼리가 전속력으로 새끼 코끼리가 있는 물속으로 달려오지 않았더라면, 그 일이 어떻게 결말을 맺을지 아무도 몰랐을 것이다. 맹돌이는 처음엔 엄마를 이해하지 못해 슬펐다.

왜냐하면, 엄마가 나서서 그의 친구들을 쫓아 버렸다고 생각했다. 그러나 나중에 코끼리 가족 모두가 그런 친구들은 그를 잡아먹으러 다가왔음을 맹돌이에게 설명하자, 맹돌이는 마침내 일을 진지하게 생각하기 시작했다. 그는 이제 새끼 코끼리들과는 놀되, 다른 짐승들과는 안전거리를 확보한 채, 바라보기만 하는 것으로 만족해야 함을 배웠다. 그로부터 며칠이 또 지난 뒤, 맹돌이는 물에 혼자 남아있게 되었는데, 지난번의 그 악어들처럼 떠 있는 걸 시도해 보았단다.

여러분은 맹돌이가 물에 떤 채 노는 놀이에 성공했으리라고 생각하세요?

STULĈJO ELEFANTIDO

Stulĉjo elefantido vivis en granda elefanta grego en Afriko.

En la grego estis multaj elefantidoj, diversaj laŭ la grandeco, kaj Stulĉjo ĉiam havis multajn amikojn por ludo. Li vere adoris ludojn. Tiom multe li ludis, ke ofte li forgesis, ke estas tempo por manĝo aŭ dormo. Krom kun elefantoj, li provis ludi kun ĉiuj aliaj bestoj, kiujn li renkontis.

Vidinte kiel simietoj saltas sur arboj, li mem provis grimpi sur unu arbon. Sed vane. Kiom ajn li klopodis, ĉiam li reglitis malantaŭen. La rezulto estis, ke li ege fleksis la arbon, frote vundis la ventron, kaj ricevis fortajn batojn de la patrino.

Alian fojon li vidis, ke hirundoj sage flugas malsupren. Tio plaĉis al li tiom, ke li provis salti de sur pinto de iu monteto, esperante ke ankaŭ li povos ekflugi. Ĉe la fino li akiris belan bluan makulon sur malantaŭa gambo kaj malpermeson pri saltado. Cetere tiu malpermeso estis plene superflua, ĉar post tiu falo li tiom multe timis la profundon, ke tute certe li neniam plu farus ion similan.

Poste li vidis leporetojn, kiuj ludis kaŝludon, enirante kaj elirante tertruojn. Eĉ pli al li plaĉis vidi ke ili trairas malplenan arbotrunkon. Ĉu vi divenas, kiu ideo venis tiam en lian kapon? Nature, li tuj decidis fari la samon.

Li elektis iun tre grandan malplenan trunkon kaj metis la kapon ene. Tio estis malfacila, sed tre amuza. Ho ve! Tiel li ŝtopis la truon, ke li povis iri nek antaŭen nek malantaŭen. Li eksploris tiom forte, ke tremis ĉiuj arboj je kelkaj metroj de li, kaj eĉ simietoj falis de sur ili. Aliaj elefantoj mire rigardis la trunkon, el kiu elstaris la korpo de Stulĉjo.

Fine la panjo tiris Stulĉjon, kaj la paĉjo la trunkon. Tiel forte ili tiris, ke Stulĉjo timis pri sia vivo. Kiam ili finfine lin eltiris, Stulĉjo aspektis tiom mizera, ke ili ne havis volon ankoraŭ riproĉi lin. La haŭto sur lia kolo estis tuta frotvundita. Krom tio, estis klare, ke ion tian li neniam plu faros. Tamen ambaŭ gepatroj kredis, ke baldaŭ li certe elpensos ian alian petolaĵon.

Stulĉjo estis trankvila kelkajn tagojn. Li ja ne povis esti alia, ĉar la tuta korpo lin doloris. Sed tuj kiam li ekfartis pli bone, lin komencis tiri la deziro pri ludo. Unue li ludis kiel ĉiuj aliaj elefantidoj. Li naĝis, ŝprucumis sin per akvo, puŝis la aliajn. Sed tio baldaŭ iĝis enua. Li preferis inventi novajn ludojn. Kaj pensante pri novaj ludoj, li ekvidis du leonidojn. Ili estis tiel petolaj kaj malgrandaj, kvazaŭ du katetoj. Konstante ili saltis unu trans la alian, rulis sin, tiris reciproke la vostojn aŭ orelojn, jukis unu la alian. Stulĉjo konkludis, ke li ŝatus ludi ĝuste kun ili. Sed li, kvankam malgranda elefantido, havis ducent kilogramojn. Kiam li provis ruliĝi kun la leonidoj, li preskaŭ dispremis unu el ili. Tio tre kolerigis la leoninon, kaj por protekti la idojn ŝi forte mordis Stulĉjon. Stulĉjo kriegis kaj forkuris kiom eble rapide. Lia panjo alkuris kaj sin turnis kontraŭ la leonino. Ĉi tiu alvokis siajn leonidojn, kaj ĉiuj sin rapide retiris.

La vundo doloris Stulĉjon ankoraŭ kelkajn tagojn. Tiel li ellernis, ke kun leonoj oni ne povas ludi. Sed pli serioza li ne fariĝis, kaj pri ludado kun aliaj bestoj li ne rezignis.

Unu monaton post la okazo kun leonoj li banis sin en marĉo kaj vidis krokodilojn flosantajn sur la akvo. Plaĉis al li, ke ili aspektis kvazaŭ pecoj da arboj, kaj li provis naĝi kiel ili. Kompreneble, tion li ne sukcesis.

Ankaŭ al la krokodiloj plaĉis Stulĉjo, sed en alia maniero. Ili konkludis, ke la elefantido povus esti tre bongusta tagmanĝo. Kaj ili komencis al li malrapide proksimiĝi. Stulĉjo ne komprenis la danĝeron. Li eĉ ĝojis, ke la krokodiloj deziras ludi kun li. Oni ne scias, kiel la afero finiĝus se la panjo de Stulĉjo ne estus rimarkinta kio okazas, kaj kurinta en la akvon plenrapide.

Stulĉjo unue estis malĝoja ĉar panjo forpelis liajn amikojn. Sed poste ĉiuj klarigis al li, ke tiuj amikoj lin volis formanĝi, kaj Stulĉjo finfine komencis serioze pensi. Li konkludis, ke plej bone estas ludi kun aliaj elefantidoj, kaj aliajn bestojn nur rigardi el sekura distanco.

Sed tamen, kelkajn tagojn poste, dum li estis sola en la akvo, li provis flosi kiel krokodiloj. Kion vi opinias, ĉu li sukcesis?

새끼 독수리

　깊은 계곡이 내려다보이는 어느 암벽에 새 둥지 하나가 제법 높게 달려 있었단다.

　그곳에는 젊은 독수리 암수 한 쌍이 살고 있었단다. 그러나 그들에겐 아직 새끼가 없었단다.

　마침내 암독수리가 알을 두 개 낳자, 그 독수리 부부는 아주 기뻐하였단다.

　부부는 그 알들이 부화되어 새끼가 되는 날이 오기만 기다리고 또 기다렸단다. 그들이 사는 지역에는 독수리가 많았다. 독수리는 독립적으로 살아가는 날짐승이다. 그들은 다른 종의 독수리와 무리를 지어 사는 경우는 아주 드물다. 어찌 되었든 그 지역에 사는 모든 종의 독수리 중에서 덩치가 가장 크고 능숙하면서도 힘 있게 날 수 있는 독수리가 바로 그 젊은 부부 중 남편인 독수리인 것도 그 젊은 부부는 알고 있다. 그 때문에 독수리 부부는 아주 자신에 차 있었고. 때로는 너무 자신만만했다.

　그 암수 독수리는 어서 알에서 새끼 독수리가 나오기를 기다리면서도, 한편으로는 저 알 속에서 새끼들이 커가면 어떤 모습일까 하고 서로 이야기를 나누기도 하였다.

　아빠 독수리는 자신의 지금 모습을 생각하며 언제나 저 녀석들도 힘이 세고 건강할 것이라고 말했고, 엄마는 자신처럼 예쁜 모습일 것으로 말해 왔다.

　알에서 깨어나는 시기가 다가오면 올수록, 그들의

마음은 더욱 조급하기만 했다. 마침내 기다리던 행복한 순간이 왔다.

그 두 개의 알에서 독수리 두 마리가 깨어나온 것이다.

한 마리는 수컷이고, 한 마리는 암컷이었다.

처음에는 모든 것이 정상으로 보였다. 아빠 엄마는 귀여운 자녀가 잘 커가도록 애를 많이 썼다. 그들은 언제나 가장 맛난 육고기를 먹이로 가져다주며, 귀여운 새끼들이 한순간이라도 배고픈 채 있는 걸 내버려 두지 않으려고 애썼다.

여기서 알아 둬야 할 것은 -먹거리 구하기가 그리 쉽진 않다. 왜냐하면, 어린 새끼들은 언제나 배고팠기 때문이었다.

그 귀여운 녀석들은 이제 더 자라자 진짜 깃털들도 생겼다. 그때 아빠는 수컷의 새끼 독수리가 정상이 아님을 알았다. 수컷 새끼의 날개에 달린 깃털 길이가 아주 짧고, 이는 누이가 지닌 깃털 길이의 절반 정도였다.

'아, 좋아, 저 아이의 깃털은 나중에 더 자라겠지.' 하고 그들은 생각했다.

그렇게 아이들이 커 갔으나 그 새끼 둘의 차이는 더욱 커져만 갔다.

몸집으로 보면 그 둘은 비슷했다. 어찌 보면 오빠가 누이보다 몸집이 더 큰 것 같았다. 그 둘은 언제나 똑같이 즐겁게 활기차 있으나, 오빠의 깃털은 독수리의 것보다는 암탉의 것이라고 보는 편이 더 나았다.

이제 시간이 더 지나 새끼 독수리들이 공중으로 나

는 법을 배워야 하는 날이 왔다.

  그 귀여운 오누이는 모두 겁이 아주 많지만 아직은 자신에 차 있었다. 그 둘의 심장은 세게 뛰었고, 마치 심장이 터져버릴 것 같은 생각이 들기도 했다. 이제 그들이 높은 곳에서 저 아래를 내려다보는 순간, 그 둘이 지금까지 가졌던 용기는 어디론가 사라져 버렸고, 머리기 어지러워 자신의 둥지로 물러서야 했다. 그러자 엄마는 저 아이들이 나는 연습을 내일로 미루었으면 하고 남편에게 동의를 구하는 듯했지만, 아빠는 새끼들을 둥지에서 간단히 밀어 버렸다.

  그 둘은 처음에는 무서움에 떨기 시작하였으나 나중엔 날개를 퍼덕이기 시작했다. 누이는 이미 천천히 날아오르기에 성공하였으나, 오빠는 아무리 노력하고 온 힘을 다해 날개를 펼쳐 보아도 점점 아래로 떨어지고 있었다.

  마치 오빠 모습이 나는 새가 아니라 떨어지는 돌덩이 같아 보였다.

  바로 그 순간, 다행스럽게도 엄마가 아들을 향해 날아와서는 아들을 자신의 등에 태웠다. 그렇지 않았다면, 아들은 아마 떨어져 죽었을지도 모른다. 아주 풀이 죽은 오빠는 그렇게 둥지로 돌아왔다. 오빠는 왜 누이처럼 자신은 할 수 없는지 이해가 되지 않았다. 부모는 이 상황을 이해하며, 서로를 조용히 쳐다볼 뿐이었다. 아들의 날개가 정상이 아니었다. 그 날개는 너무 짧았다. 아빠 엄마 독수리는 그래도 귀여운 새끼들과 나는 연습을 계속했다. 연이은 많은 연습 덕분에 오빠도 날기엔 어느 정도 자신이 생겼지만 어려움 없이 하는 화려한 누이의 비행술을 따라잡을 수 없었다. 오빠는 다섯 배나 더 열심히 했으나, 누이처럼 날기란 간단히 성공할 일이 아니었다.

아들은 아빠가 누이와 함께 더 자주 날고 싶어하는 것을 알고 난 뒤 상황은 더욱 나빠졌다.

정말 아빠는 나쁜 의도를 가지고 있지는 않았다.

아빠로서는 아주 쉽게 나는 자신으로서는 서툴게 나는 새끼 독수리를 잘 이해하지 못하였다. 그러던 어느 날, 어린 오빠 독수리는 위험을 무릅쓰고 아빠로부터 인정받을 수 있도록 날아보기로 작정했다.

다음 날, 그는 자신이 사는 암벽에서 뛰어내려, 마치 화살처럼 아래로 날기 시작했다. 그는 자주 누이가 그렇게 하는 걸 보아 왔다. 그러나 그는 누이의 모든 것을 그대로 흉내 내지는 못했다.

그는, 마지막 순간, 몸을 돌려 솟구쳐 오르기의 기술을 제대로 하지 못한 채 계속 떨어지고 있었다. 다행히도 그가 떨어지고 있는 아래에는 호수가 있었다. 그는 호수의 물속으로 떨어졌다.

그곳에서 그는 물에 흠뻑 젖었다. 그는 몸에 상처를 입지 않았으나 자신감과 자긍심에 심한 상처를 입었다.

그 일이 있자 아빠는 이제 더욱 아들의 나는 걸 미더워하지 않았다.

그러자 오빠는 자신이 결코 아빠 앞에서 자신이 잘 할 수 있음을 입증할 수 없으리라고 믿자, 날기 연습조차 포기할 정도였다.

그런데, 한 가지 사건으로 인해 그는 아빠에게서 인정을 받게 되었다.

어느 날, 전혀 생각지도 않았는데 그들이 사는 곳에 다른 종의 독수리가 나타났다. 그는 우리 주인공 독수리들에 비해 몸집도 아주 크고, 아주 힘도 세다. 그 독수리는 처음에는 그 지역에 사는 독수리들이 가져다 놓은 먹거리를 뺏어가기 시작하였다.

몇 마리의 독수리가 이에 대항하였으나, 그들은 그의 큰 발톱에 심한 상처를 입었다. 모두는 그 독수리가 나타난 것에 크게 두려워하였다. 아빠도 마찬가지로 두려움을 느꼈다.

그러나 오빠 독수리는 그렇지 않았다. 어린 오빠 독수리는 그 낯선 독수리의 힘과 몸집에 두려워하지 않았다. 그 낯선 독수리가 마지막으로 들이닥친 지, 며칠이 지났다. 어린 오빠 독수리는 비둘기를 잡아 왔다. 비둘기를 잡아 자신감에 부푼 오빠 독수리는 그 노획물을 안고 날면서 마음속으로는 아빠 앞에서 자랑하고 싶었다.

바로 그때, 마른하늘의 번개처럼 그 낯선 독수리가 그를 향해 날아왔다.

낯선 독수리는 이 어린 독수리라면 자신에게 대항하지 않을 걸로 생각하면서 어린 독수리가 가진 비둘기를 뺏으려고 했다.

하지만 그의 생각과는 정반대의 일이 생겼다. 오빠 독수리는 그 순간에 자신이 가진 비둘기를 빼앗기지 않으려고 했다.

오빠 독수리는 자신의 노획물을 자기 집으로 꼭 갖고 가리라 하는 마음뿐이었다.

오빠 독수리는 자신을 공격하는 그 낯선 독수리에 비해 절반 정도의 덩치였고 낯선 독수리보다 훨씬 서툴게 날았다.

하지만 오빠는 매번 그 낯선 독수리의 두 눈을 목표로 날았다.

끝내 단번에 그가 그 낯선 독수리의 왼쪽 눈을 할퀴는 데 성공했다.

상처를 입은 그 낯선 독수리는 자신의 목표를 바꿔 달아나고는, 두 번 다시 그 지역에 나타나지 않았다. 엄마 아빠, 누이 독수리는 오빠의 행동을 본 뒤로 오빠를 아주 자랑스럽게 생각했단다.

그래서 혹 다른 독수리가 그 귀여운 오빠 독수리가 나는 모습을 암탉 같다고 악의적으로 말하면, 그 가족은 오빠에겐 사자 같은 마음이 있거든 하고 대답했단다.

ETA AGLIDO

Alte sur roko super la kanjono estis agla nesto. Tie vivis juna agla paro, ne havante infanojn. Kiam finfine la patrino kuŝigis du ovojn, la paro multe ĝojis kaj senpacience atendis, ke la idoj eloviĝu.

En ilia regiono estis multaj agloj. Agloj estas birdoj soluloj. Ili ne tre ofte estas en societo kun aliaj agloj. Ĉiukaze la juna paro sciis, ke el ĉiuj agloj en la regiono la plej granda kaj forta kaj la plej lerta fluganto estas la paĉjo. Tial ambaŭ estis tre fieraj, eble eĉ tro.

Atendante ke la aglidoj eloviĝu, tre ofte ili parolis pri tio, kiel la idoj aspektos. Paĉjo ĉiam diris, ke ili certe estos tiom grandaj kaj fortaj kiom li, kaj panjo, ke ili estos tiom belaj kiom ŝi. Ju pli proksimiĝis la dezirata tago, des pli ili senpaciencis.

Kaj fine venis tiu feliĉa momento. Eloviĝis du aglidoj. Unu estis vira, kaj la alia estis ina. Komence ĉio ŝajnis en ordo. Paĉjo kaj panjo multe penis pri siaj etuloj. Ili alportadis ĉiam la plej bongustan viandon kaj klopodis, ke la etuloj eĉ kvin minutojn ne malsatu. Kaj, sciu, tio estas neniom facila, ĉar aglidoj estas ĉiam malsataj.

La etuloj kreskis ĉiam pli kaj pli, kaj ricevis verajn plumojn. Tiam la gepatroj rimarkis, ke la vira aglido ne estas en ordo. Liaj plumoj sur la flugiloj estis tro mallongaj, je duono de tiuj de la fratino. Ha, bone, pensis ili, liaj plumoj ja elkreskos poste.

Bedaŭrinde, dum ili kreskadis, la diferenco inter ili estis ĉiam pli granda. Korpe ili estis similaj, eĉ la frato estis iom pli granda ol la fratino. Ili estis same gajaj kaj viglaj, nur lia plumaro aspektis kokine pli ol agle.

Venis la tago, kiam la aglidoj devis lerni flugadon. Ambaŭ etuloj estis tre timantaj, sed ankaŭ tre fieraj. Iliaj koroj batis tiel rapide, ke ili pensis, ke tiuj elfalos. Post kiam ili rigardis malsupren, ambaŭ perdis la tutan ĝisnunan kuraĝon, kaj sentante kapturnon ili rapide retiriĝis al la nesto. Panjo eble konsentus, ke la flugadon ili lasu por morgaŭ, sed tie estis paĉjo, kiu ilin simple elpuŝis el la nesto. Unue ili ekfrostis pro timo, kaj poste tamen ili komencis svingi la flugilojn. La fratino jam sukcesis malrapide leviĝi, sed la frato, kvankam li ege klopodis kaj svingis per tuta forto, falis kaj falis kvazaŭ li estus ŝtono, kaj ne birdo.

Feliĉe, ke panjo alflugis kaj prenis lin sur sian dorson, alie li certe estus pereinta. Malĝojega, la frato revenis al la nesto. Li ne komprenis, kial li ne povas tion, kion povas la fratino. La gepatroj komprenis ĉion kaj nur silente rigardis unu la alian. Liaj flugiloj ne estis en ordo, ili estis tro mallongaj.

La paĉjo kaj panjo agloj ege klopodis kaj multe ekzercis kun la etuloj. Post multa ekzercado ankaŭ la frato scipovis flugi, sed neniel li povis fari bravuraĵojn, kiujn la fratino faris sen ajna peno. Li ekzercis kvinoble pli multe, sed la afero simple ne sukcesis. La situacio estis eĉ pli malbona, kiam li rimarkis, ke paĉjo multe pli volonte flugas kun la fratino ol kun li. Certe la paĉjo ne estis malbonulo, sed li estis tiom bona fluganto, ke li simple ne povis kompreni, ke al iu tio povas esti malfacila.

Eta aglo decidis fari ion, kio devigos la patron lin estimi, eĉ se pro tio li venos en danĝeron. Sekvan tagon li saltis de sur ilia roko kaj ekflugis malsupren kiel ŝago. Li ofte vidis, ke la fratino tion faras. Sed ne ĉion li povis imiti. Li ne estis sufiĉe lerta por povi en la lasta momento turniĝi supren, kaj tiel li falis.

Feliĉe por li, sube troviĝis iu lago. Li falis en la akvon, kaj tie nur ege malsekiĝis. Li ne vundiĝis, sed grandajn vundojn sentis lia fiero kaj memfido. Kaj la paĉjo lin estimis eĉ malpli.

La aglido jam kredis, ke neniam li povos pruvi sian valoron antaŭ la paĉjo, kaj li eĉ preskaŭ rezignis. Sed unu evento komplete ŝanĝis la patran opinion pri li.

Iun tagon, tute neatendite, aperis aglo de alia speco. Li estis multe pli granda kaj forta ol niaj agloj, kaj li komencis de ili rabi ilian predon. Kelkaj agloj provis kontraŭstari, sed ili ricevis aĉajn vundojn per liaj ungegoj. Ĉiuj ege timis lin, eĉ la paĉjo aglo. Ĉiuj krom la aglido. Nur lin ne timigis la forto kaj grandeco de tiu fremdulo.

Pasis kelkaj tagoj post la lasta atako de la fremda aglo. La juna aglido kaptis kolombon. Plena de fiero li flugis kun sia predo, dezirante sin laŭdi antaŭ la paĉjo. Kaj tiam, kiel fulmo el hela ĉielo, atakis lin la fremdulo. Tiu volis forpreni lian kolombon, pensante ke ĉi tia aglido certe ne kontraŭstaros. Sed miraklo okazis. Nia aglido ne volis kapitulaci. Li ege deziris sian predon alporti al sia hejmo.

Li estis duoble malpli granda ol tiu agresemulo, kaj multe malpli bone li flugis. Sed ĉiam denove li flugis kontraŭ liaj okuloj, kaj en unu momento li sukcesis grati lian maldekstran okulon. Vundita, la granda aglo foriris kaj neniam plu revenis.

La gepatroj kaj la fratino de tiam estis ege fieraj pri la aglido. Kaj eĉ se iu alia aglo tamen malice diris, ke la etulo flugas kiel kokino, ili nur respondis, ke li havas leonan koron.

어린 고양이 귀염이

꼬리에 새까만 한 줄을 둔 것 외에는 온몸이 하얀, 아주 작고 어린 수컷 고양이를 한 번 상상해 보렴.

더구나 이 고양이 털은 솜처럼 부드럽고 섬세하단다. 우리 이야기의 주인공 모습이란다.

이런 외모 때문에 우리는 그 녀석을 **귀염이**라 부른단다. 귀염이를 보는 이라면 누구나 그를 좋아하게 되고 그를 한번 쓰다듬어 주고 싶단다.

그러나 이 녀석 성격은 그의 모습과는 전혀 딴판이다.

그는 싸움을 잘 걸고, 하찮은 일에도 성질을 부린다. 아이들이 그를 쓰다듬기라도 하려면 그는 자신의 날카로운 발톱으로 대응한다.

그럼에도 그는 정말 말썽꾸러기다. 그에게는 남동생 둘, 누이 하나가 있다.

누이는 몇 개의 작고 흰 반점을 가진 회색 고양이이다. 그래서 그들은 누이를 **회순이**라 불렀다. 누이는 섬세하고 부끄러움이 많다. 남동생 중 하나는 호랑이 같은 무늬를 지녀, 이름이 **호방이** 이다. 호방이는 정말 악동이고 늘 유쾌하게 지낸다. 그는 쉼없이 무슨 장난거리를 만들지만, 나쁜 의도가 아니라 다른 이들에게 웃음을 선사하기 위해서다. 다른 동생은 검고도 검다. 그래서 그를 **검댕이**라고 불렀다.

검댕이의 관심사는 오로지 먹는 일과 잠자기였다. 새끼 고양이들은 정말 서로를 사랑했다. 그래도 그들은 서로 밀치고 -당기고 싸우고 서로 비난하기 일쑤다. 엄마 고양이가 그 아이들을 자주 잘 지내도록 설득했고, 심판관이 되었다. 싸움을 먼저 일으키는 이는 주로 귀염이였다. 그는 회순이를 아주 좋아하니 회순이를 지루하게 할 수도 있고, 회순이를 밀쳐 보는 것도, 자신 쪽으로 당겨도 된다고 주장했다. 정말 그런 이유로 누이가 존재한다고 하며! 그러나 만일 간혹 회순이가 정말 심심해 귀염이 오빠에게서 그동안 괴롭힘을 받은 대로 되돌려 주려고 행동할 때면, 귀염이 오빠는 곧장 삐지고는, 회순이가 오빠를 괴롭힌다고 엄마에게 이른다. 더구나 귀염이 오빠는 검댕이가 잠자기라도 하는 순간이면 곧장 가서 잠자는 검댕이를 깨우기를 아주 즐겁게 한다. 사실대로 말하자면, 검댕이는 잠만 잔다.

귀염이는 언제나 그런 검댕이 위를 뛰어넘기도 하고, 그런 검댕이 귀에 소리 지르고 검댕이 꼬리를 당기고 검댕이를 접시 위나 바닥으로 밀쳐 버리기도 즐겨 한다. 소동이 일어난다는 것만 중요하다. 그런데 정작 귀염이 자신이 잠자러 갈 때면 오누이들이 발뒤꿈치를 든 채 조용히 다니기를 원했다. 또 만일 누군가 무슨 소리라도 내면, 귀염이는 이를 정말 참지 못하고는, 바른 행동이 아니라고 했다.

그러나 우리 귀염이는 검댕이를 깨우기만 좋아하는 것이 아니다. 그는 언제든 검댕이가 먹고 있는 음식을 빼앗아 먹는다. 그건 배고파하는 행동이 아니다. 검댕이를 아주 화나게 만들 의도였다.

검댕이가 한번 크게 울면 온 집이 흔들릴 정도였고,

머리 위의 모든 털이 바짝 설 정도였다. 검댕이가 크게 울면, 더 만족해하는 이는 귀염이였다. 막내 동생 호방이는 낡은 우단으로 만든, 작은 생쥐 장난감을 가지고 있는데, 그 장난감 없이는 잠자지 못할 정도였다. 호방이는 그렇게 말하고 있다. 그러니 귀염이는 저녁마다 호방이가 가져 노는 장난감 생쥐를 숨겨 찾지 못하게 해버린다. 엄마는 이미 화가 나 있다. 엄마는 호방이를 자러 보내기에 앞서, 그 생쥐 장난감을 찾느라 반시간을 보내야 했다. 엄마가 이리 저리 찾으러 다니는 동안, 안타깝게도 호방이는 기다리다가 그만 지쳐 코를 골며 잠들게 되고, 귀염이는 그 모습을 보며 만족한 듯 조용히 웃고 있었다.

그런데 어느 날부터, 귀염이는 이런 자신이 하는 이 모든 행동에 지겨웠다. 더구나 이제 가족도 귀염이에게 주의주었다. 만일 귀염이가 앞으로도 그런 행동을 계속하면, 그때는 그를 같은 마을에 사시는 불평이 삼촌에게 보낼 것이라고 했다. 그 말을 들은 첫날은 귀염이도 정말 모범적으로 행동했다. 그런데 저녁이 되자 이를 더 이상 참지 못하고는 호방이가 가져 놀던 생쥐 장난감을 숨겨 버렸다.

다음날 아침에 부모는 그를 **불평이** 삼촌 댁에서 일주일동안 지내다 오라며 보냈다. 그 일주일은 길지 않았지만, 귀염이에겐 불평이 삼촌 댁에서 하루조차도 아주 길게 느껴졌다. 귀염이가 삼촌댁에 도착했을 때, 삼촌은 그가 열한 시 십오 분에 왔다고 했다. 귀염이 부모와의 약속 시간은 11시로 되어 있었다며 십오 분이나 늦었다고 야단쳤다.

점심 때 삼촌은 조카에게 우유 마실 때 너무 큰 소리로 마신다고 했다. 조카는 자신이 할 수 있는 한 예의를 지켜 마셨음에도 불구하고. 오후에 삼촌은 조카더러 생쥐가 나오는 구멍을 지켜 라고 했다. 그러나 그 날은 아주 더웠다. 더구나 귀염이는 아직 새끼 고양이였다. 그때문에 귀염이는 그 구멍 앞을 지키다가 졸음이 와서 그만 잠들어 버렸다.

그가 잠자는 동안에, 생쥐들은 아무 어려움 없이 부엌으로 나와 산책을 즐기고 있었다. 이를 본 삼촌은 귀염이에게 저녁 식사도 주지 않고 침대로 자러 보내 버렸다.

배고프고 외로움으로 귀염이는 이제 자신의 가족을 생각하고 또 생각하였다.

'우리 가족은 지금 뭘 하고 있을까? 내가 떠나기 전에 장롱 속에 던져 둔 생쥐 장난감을 호방이는 찾아 냈을까? 검댕이는 아마도 지금 자거나, 저녁 먹고 있겠지. 그런데 누가 정말 알 수 있을까? 아빠, 엄마는 뭘 하고 계실까? 아마 엄마 아빠는 회순이를 자러 보내겠지. 아, 나도 이 공포스런 불평이 삼촌댁에 머물지 않고, 가족과 함께 있으면 얼마나 좋을까?'

그래서 귀염이는 정말 그동안 자신이 나쁜 행동을 많이 하며 지냈음을 처음으로 느꼈다. '만일 부모님이 그런 나를 타일러주고, 나를 여기, 이 나쁜 곳엔 보내지 않았을 텐데!' 우울한 귀염이는 부모를 그리며 잠을 잤다.

다음날 아침, 5시에 불평이 삼촌은 귀염이를 깨워 물고기 낚시하러 가자고 했다. 귀염이는 굶주린 배와 아직도 덜 깬 잠을 참으면서 삼촌을 따라나섰다. 그러다가 귀염이는 자신이 지금 어디서 어떻게 걷는지도 모른 채 걷다가 그만 강물에 빠져 버렸다. 그 때문에 삼촌은 물고기를 잡는 대신, 귀염이를 물에서 끌어 올려야 했다. 조카를 강물에서 건질 때의 삼촌 모습을 상상해 보세요. 그 순간, 귀염이에겐 자신을 삼촌이 구하지 말았으면 하는 생각이 들 정도였다. 배가 고팠지만, 물고기도 잡지 못한 채, 삼촌과 귀염이는 집으로 돌아왔다. 아침 식사를 마친 뒤, 귀염이는 다시 어제 지키던 구멍을 지켜야만 했다. 그러나 다시 그만 잠이 들었다.

그래서 그는 또 저녁을 얻어먹지 못한 채 잠자러 가야 했다.

다음 날 아침, 불평이 삼촌은 귀염이와 함께 들판으로 생쥐 잡으러 갔다. 그들은 어느 큰 밭으로 갔다. 그곳은 밀밭이었고, 얼마 전 추수를 하였다. 추수한 뒤라서 많은 밀 알갱이가 밭에 떨어져 있었다. 그리고 밭의 여기저기에 생쥐들이 있었다. 삼촌은 귀염이에게 혼자 생쥐를 잡으라고 했다. 생쥐 잡기를 귀염이도 배우게 했다. 그러나 귀염이는 잡아야 할 생쥐들이 무척 귀여워 보였다. 귀염이에겐 생쥐들이 이리저리 내달리는 것이 마치 살아있는 장난감처럼 보였다.

귀염이는 실제로 이들을 잡기보다는 그들과 술래잡기 놀이를 하는 것 같다. 생쥐들도 그런 놀이를 좋아하였다.

귀염이는 밭에서 마치 미친 고양이처럼 마음껏 달려 볼 수 있었다. 그러나 그 모습을 본 삼촌은 정말 화가 났다. 삼촌은 귀염이를 호되게 야단치고는 생쥐를 한 마리라도 잡아야 한다고 명령했다.

그러나 귀염이는 생쥐들이 가여워 생쥐들이 내빼도록 놔두었다. 그러자 삼촌은 더욱 화가 나, 귀염이를 삼촌 집에 먼저 가라고 했다. 저녁이 되었고, 다시 귀염이는 더 일찍 잠자리로 가야 했다.

또 저녁밥을 먹지 못한 것 당연. 그 모습이 삼촌 집에서의 하루하루였다. 귀염이는 점점 더 먹지 못하니, 배가 고팠다.

그래서 귀염이는 착하게 또 현명하게 행동하려고 애써도 언제나 야단을 맞았다.

귀염이는 삼촌 댁에서 일주일간 지내다 집에 돌아왔을 때, 너무 기뻐 노래라도 부르고 싶을 지경이었다. 이전 습관처럼 귀염이는 곧 검댕이의 음식을 훔쳐 먹고 싶었다.

하지만, 불평이 삼촌 댁에서의 생활을 기억하고는 생각을 고쳐 먹었다. 또 저녁에 호방이가 갖고 노는 생쥐 장난감을 숨기는 일도 하지 않았다. 그날 이후로는, 귀염이는 더 귀여운 모습으로 가족으로부터 사랑받는 새끼 고양이가 되었단다.

PLAĈJO KATIDO

Imagu unu tre malgrandan viran kateton, kiu estas tute blanka kaj havas nur unu nigran strion sur la vosto. Krom tio, lia felo estas mola kaj delikata kiel vato. Tia estis la ĉefa rolulo de nia rakonto. Pro sia aspekto li ricevis la nomon Plaĉjo. Kiu ajn lin vidis, al tiu li plaĉis, kaj tiu deziris lin karesi.

Sed lia karaktero neniom harmoniis kun lia aspekto. Li estis sufiĉe batalema kaj pro ĉiu bagatelaĵo li kraĉospiris. Multaj infanoj deziris lin karesi, kaj tiam ili konatiĝis kun la akreco de liaj ungoj. Krome li estis vera disputemulo.

Li havis du fratojn kaj unu fratinon. La fratino estis griza kun kelkaj blankaj makuletoj. Ili nomis ŝin Grizinjo. Ŝi estis delikata kaj tre hontema.

Unu frato estis tigrokolora kaj lia nomo estis Miaŭĉjo. Miaŭĉjo estis vera fripono kaj gajulo. Senĉese li faris iujn ŝercojn, tamen ne kun intenco fari ion malbonan, sed por ĉiun ridigi. La alia frato estis nigre-nigra kaj ili nomis lin Niĉjo. Lin interesis nur manĝoj kaj dormado.

La katidoj tre amis sin reciproke, sed konstante ili tiris-puŝis unu la alian, konstante ili kverelis kaj akuzadis ĉiu ĉiun. Ofte la panjo devis ilin repacigi kaj roli kiel juĝisto. Kaj la ĉefa kaŭzo por tiuj kvereloj estis plej ofte Plaĉjo. Li opiniis, ke li havas rajton tedi Grizinjon kaj tiri-puŝi ŝin, kiom ajn li ŝatas. Ja por tio fratinoj ekzistas! Sed se foje Grizinjo tro tediĝis, kaj ŝi nur refaris al li tion, kion li faris al ŝi, tuj li fariĝis ofendita kaj li plendaĉis ĉe panjo, ke Grizinjo lin incitas.

Kaj krome, li ŝategis veki Niĉjon tuj post kiam tiu endormiĝis. Por diri la veron, Niĉjo konstante dormis. Plaĉjo kutimis salti sur Niĉjon, kriegi en lian orelon, tiri lian voston, faligi pladon sur plankon aŭ fari ion similan. Gravis nur ke estas bruo. Kaj kiam iris dormi li mem, tiam li volis, ke ĉiuj marŝu silente sur fingroj, kaj se iu faris ian ajn bruon, Plaĉjo tion opiniis terura maldecaĵo.

Sed ne nur veki Niĉjon ŝatis nia Plaĉjo. Li ŝatis, kiam ajn tio eblis, ŝteli lian manĝaĵon. Ne pro malsato, sed ĉar la fraton tio ege kolerigos. Niĉjo tiam kutimis tiom kriĉi, ke la tuta domo tremis, kaj ĉies haroj leviĝis sur la kapo. Ju pli li kriĉis, des pli kontenta estis Plaĉjo.

Lia alia frato, Miaŭĉjo, havis malnovan pluŝan museton, sen kiu li ne povis ekdormi. Almenaŭ li tion opiniis. Tial Plaĉjo ĉiuvespere klopodis kaŝi la museton tiel, ke oni nur ege malfacile ĝin povu retrovi. Panjo jam anticipe estis kolera, ĉar ŝi sciis ke, antaŭ ol ŝi sendos la etulojn al la lito, unue ŝi devos duonhore serĉi la museton de Miaŭĉjo. Dum tiu laboro Miaŭĉjo triste snufetos, kaj Plaĉjo kontente kaj silente ridetos.

Finfine ĉiujn tedis la sinteno de Plaĉjo. Ili diris: se li denove faros iun stultaĵon, ili sendos lin al la onklo Grumblulo en la vilaĝon. Kaj la unuan tagon Plaĉjo vere estis bona, sed ne plu li eltenis kaj li kaŝis la muson de Miaŭĉjo. Morgaŭ la gepatroj lin sendis vizite je sep tagoj al la onklo Grumblulo en la vilaĝon. Sep tagoj ne estas multaj, sed por Plaĉjo eĉ unu tago ĉe la onklo Grumblulo daŭras tre longe.

Tuj kiam Plaĉjo alvenis, la onklo riproĉis, ke li venis je la dekunua horo kaj dekkvin minutoj, anstataŭ precize je la dekunua, kiel estis konsentite. Dum la tagmanĝo la onklo riproĉis, ke li tro laŭte trinkas lakton, kvankam Plaĉjo kondutis tre dece. Posttagmeze la onklo ordonis, ke li gardostaru apud unu musa truo.

Sed la tago estis tre varma kaj Plaĉjo eta katido. Sekve li tuj endormiĝis antaŭ la truo. Dum li dormis, musoj senĝene promenis tra la kuirejo. Kiam la onklo tion vidis, li por puno sendis Plaĉjon al la lito sen vespermanĝo.

Malsata kaj sola, Plaĉjo pensadis pri sia familio. Kion ili faras nun? Ĉu Miaŭĉjo sukcesis trovi la muson, kiun Plaĉjo tuj antaŭ la foriro enĵetis en la ŝrankon? Niĉjo certe jam dormas aŭ eble ankoraŭ li vespermanĝas, kiu ja scius? Kion faras panjo kaj paĉjo? Eble ili sendas Grizinjon dormi. Ho, kiom li ŝatus esti kun ili, kaj ne kun tiu ĉi terura onklo Grumblulo!

Kaj jen la unuan fojon Plaĉjo komprenis, ke vere li jam troigis kun sia maldeca konduto. Ja neniam ili estus sendintaj lin al ĉi tia aĉa loko, se ili vere ne kolerus pri li! Plaĉjo malĝoje sopiris kaj ekdormis.

Morgaŭ la onklo Grumblulo vekis Plaĉjon je la kvina matene, por ke ili iru fiŝkapti. Plaĉjo estis malsata kaj dormema, kaj ne rigardante, kie li paŝas, li enfalis en riveron. Tial onklo anstataŭ fiŝojn devis kapti Plaĉjon. Imagu nur la vizaĝon de la onklo dum li tiris Plaĉjon el la akvo. Plaĉjo en tiu momento eĉ pli ŝatus, ke la onklo lin ne estus savinta!

Malsataj kaj sen fiŝoj, onklo kaj Plaĉjo revenis hejmen. Post matenmanĝo Plaĉjo denove devis gardi la truon. Kaj denove li endormiĝis. Kaj sekve denove li iris en la liton sen vespermanĝo.

La sekvan matenon la onklo Grumblulo iris kun Plaĉjo kapti musojn en la kampo. Ili venis al iu granda tereno, kie antaŭ nelonge estis rikoltita tritiko. Multaj grajnoj kuŝis lasitaj sur la tero kaj la tuta loko estis plenplena de musoj.

La onklo lasis Plaĉjon kapti ilin sola, por ke li ellernu tiun metion. Sed la musoj tre plaĉis al Plaĉjo. Ili ja similis al vivaj ludiloj, kiuj kuras ien-tien, kaj anstataŭ vere kapti ilin, li nur ludis kaptoludon. Ankaŭ musoj tion ŝatis, kaj Plaĉjo povis ĝissate kuri kiel frenezulo tra la kampo. Sed tio la onklon ege kolerigis. Li forte riproĉis Plaĉjon kaj ordonis al li tuj kapti iun muson. Sed Plaĉjo ilin domaĝis kaj intence li lasis, ke ili forkuru. La onklo eĉ pli koleriĝis kaj tuj forsendis lin al la domo. Vespere Plaĉjo denove iris dormi pli frue kaj sen vespermanĝo.

Kaj tiel aspektis pli-malpli ĉiuj tagoj ĉe la onklo Grumblulo. Plaĉjo estis ĉiam malsata kaj ĉiam riproĉata, kvankam li per ĉiuj siaj fortoj strebis esti bona kaj ne fari stultaĵojn.

Kiam Plaĉjo post sep tagoj revenis hejmen, li preskaŭ ekkantis pro ĝojo. Laŭ sia kutimo li tuj volis ŝteli la tagmanĝon de Niĉjo, sed li rememoris la onklon Grumblulon kaj tuj rezignis pri tio. Eĉ la muson de Miaŭĉjo li vespere ne kaŝis.

Ekde tiu tago Plaĉjo fariĝis vere plaĉa kaj aminda katido.

제2부 소중한 가족....

2-a PARTO: Familioj gravaj···

장난꾸러기 아기 곰들

한때 아기곰 세 마리가 살고 있었단다. 그들의 이름은 **나나, 페로, 플리** 라고 한단다.

소녀 곰 나나는 오누이 중 나이가 가장 많단다. 그녀는 쾌활한 성격이지만, 잠시도 가만있지 않는단다. 그녀는 뭔가 골똘히 생각할 줄 모르고, 언제나 장난칠 준비가 되어 있단다.

페로는 나나보다 조금 어리고 키도 아주 작다. 그도 장난치기 좋아하고 나대기는 누나 못지 않단다.

플라는 막내란다. 모두는 막내를 끔찍이 사랑했단다. 막내는 나나 언니와 페로 오빠를 잘 따랐단다. 그래서 언니 오빠가 생각해낸 것이면 뭐든 주저없이 행동으로 옮겨 버린단다. 언니 오빠는 언제나 새로운 뭔가를 생각해낸단다.

그 곰 세 마리가 사는 숲에는 다른 많은 아기 곰들이 함께 살고 있었다. 하지만 그 셋이 가장 활발하고 장난 잘 치기로 소문나 있다. 그 셋은 하루 한 가지씩 장난 거리를 만든다. 어느 날엔 두 가지를 만들기도 한다. 이 셋은 아주 요란하다. 그들이 어디로 가든지 웃음소리, 고함 소리, 우당탕 퉁-탕-탕하며 뛰어다니는 소리가 들린다. 이들의 어머니는 자식들이 어디에가 있든지 결코 그들을 잃어버릴 수는 없다고 자주 말한다. 어머니는 산 너머에서 그 셋이 고함지르는 소리도 들을 수 있기 때문이다. 곰 가족이 사는 동굴 근처에 나이 많은 이웃 아줌마 올빼미가 살고 있다. 올빼미는 낮에는 잠을 자고, 밤에는 깨어 있다. 그래서 그 아기곰들이 사는 집에서 가까운 옆집에서 올빼미가 낮에 잠잔다는 것은 조금도 쉽지 않다. 그 올빼미는 그들이 외치는 소리에 잠을 깨는 경우가 흔하다. 특히 그들이 서로 싸울 때에는 더욱. 아기곰들은 오누이가 우애가 아주 깊지만 싸움 또한 끊임없다.

순간순간이 싸움이다.

누가 밥을 먼저 받아야 되는지? 누구 잠자리가 어느 장소인지? 엄마 옆에, 또는 아빠 옆에 누가 서야 하는지? 호수에 가서는 누가 맨 먼저 물에 뛰어들어야 하는지? 그런 문제로 그들은 다투지만, 그들은 이를 다투는 걸로 생각하지 않는다. 그들에겐 그건 일상의 대화라고 말한다. 그러니, 나이 많은 올빼미는 하루도 그르지 않고 그 셋이 만들어 내는 소란을 참지도 못하고 잠도 못 자겠다며 그 셋의 부모에게 하소연한다. 이웃 올빼미 아줌마의 불평을 듣고 난 엄마와 아빠는 그 귀여운 녀석들을 엄하게 야단쳤다. 하지만 그것도 큰 도움은 되지 않았다. 조용히 있기란 잠시다. 그들은 곧 모든 것이 일상적으로 돌아가 버린다.

엄마 아빠는 어떡하면 저 자식들이 좀 덜 소란스럽고, 좀 덜 싸우게 될지 고민에 고민을 거듭했다. 마침내, 바로 그때 엄마 아빠에게 좋은 생각이 떠올랐다. 그들은 이웃집 올빼미와 의논하였다. 부모 곰은 그동안 올빼미 아줌마가 동굴 부근에서 조심하느라 보통은 울음소리를 거의 내지 않고 지내온 것을 알고 있었다. 그래서 부모 곰은 올빼미 아줌마에게 이렇게 제안했다. 말인즉, 지금부터는 올빼미 아줌마더러 며칠만이라도 가능한 큰 소리로 울어 달라며, 또 겁먹게 할 정도로 울어 달라 요청하였다. 그러자 올빼미는 그 제안에 찬성했다. 그날 밤이 되자, 아기곰들은 잠자러 갔다. 그들은 잠자기 전에 세 번이나 잠자는 자리를 바꾸었다. 몇 번이나 화장실을 들락날락 했고, 세 번이나 물 마시러 갔다. 또 그들 중에는 배 아프다고 몇 번 말하는 이기 있고, 머리 아프다는 이도 있고, 나중에는 다리 아프다는 이도 있었다. 그런 일이 진행되고 난 뒤에야 모두 조용해졌다. 그들이 곧 잠들려고 하는 바로 그 순간, 갑자기 이웃집 올빼미 아줌마가 공포스럽게 우는 소리가 들려왔다. 그 소리가 더욱 공포스럽게 들렸고, 지금까지 한 번도 그들은 그런 소리를 들어 본 적이 없었다. 그 바람에 아기곰들은 엄마 아빠가 자는 곳으로 달려와, 온몸을 떨면서 부모 침대 속으로 들어갔다.

엄마 아빠는 아이들에게 저 소리는 이웃 올빼미 아줌마가 내는 소리라고 태연하게 말하며, 아이들을 다독거렸다.

그러나 그 우는 소란은 거의 두 시간이나 계속되었다. 그 우는 소리가 마침내 더는 들리지 않자, 아이들은 곧 잠들었다. 다음날, 아기곰 3마리는 힘들게 일어났다. 잠을 충분히 자지 못했기 때문이다.

그날 낮 동안 그들은 충분히 큰 소리로 떠들지도, 놀지도 못할 정도로 잠이 고팠다. 그들은 저녁까지 간신이 잠을 참고 버텼다. 엄마 아빠에게 오늘 자기 전에 그 아기들이 요청하는 것이라곤, 물 마시고 싶다고 한 번, 화장실 다녀와야겠다고 한 번, 그래 꼭 두 번뿐이다.

그러나 그들이 잠이 들려는 바로 그 순간, 공포의 시끄러운 소리가 또 들려왔다.

아기곰들은 잠이 아주 고프고, 정말 자려고 해도 시끄러움 때문에 잠잘 수가 없었다. 그렇게 두 시간이 지나서야 올빼미는 조용해졌고, 새끼 곰들은 진을 다 뺀 뒤에야 겨우 잠잘 수 있었다.

다음 날 아침, 엄마 곰은 집에서 세 자녀를 완전히 흔들어 깨우는데 반 시간이나 더 걸렸다. 3자녀는 눈과 머리가 아프다며, 아무 것도 먹으려고 하지 않고, 바깥에 나가 놀 생각도 하지 않았다. 잠만 자고 싶다. 그러면서 그들은 제발 엄마 아빠가 올빼미 아줌마를 찾아가서 밤에는 큰 소리로 울지 않도록 해달라고 부모에게 간청했다. 그제야 부모는 만일 낮에 아기곰들이 얌전하게 지낸다면, 그 요청을 그 아줌마에게 해 볼 수 있다고 말했다.

나나와 페로와 플라는 이제부터는 자신들이 더는 소란피우지 않고 조용히 지낼 것을 약속했다. 다행히도 그날 밤에는 올빼미가 우는 소리가 들리지 않았다. 다음날 아침에 새끼 곰들은 충분히 잠을 잔 덕분에 기분도 좋아 또 싸우며 놀 준비가 되어 있었다. 그들은 얌전히 지내려고 노력해도 반 시간을 참지 못했다.

그러자 나중엔 모든 것이 이전처럼 되어 버렸다. 플라가 페로의 머리를 한 대 때렸다. 오빠가 누이에게는 배 한 개를 나누어 먹지 않았기 때문이었다. 그러자 오빠도 누이를 한 대 때렸다.

이제 진짜 싸움이 되었다. 그런 싸움을 나나가 말리다가 그만 니나도 뺨 한 대를 맞았다. 그러자 나나도 싸움에 끼어들었다. 그들의 큰 소동에 그만 꿀이 담긴 주전자가 넘어져 버렸다.

그 바람에 페로는 쏟아져 나온 꿀에 미끄러져 벽에 그만 꽈-당- 하고 부딪혔다. 그렇게 부딪힌 페로 모습을 본 나나와 플라는 웃음을 참지 못하고 옆으로 쓰러질 정도였다. 그렇게 서로 큰 소리로 웃자 동굴이 떠들썩했다. 페로도 나중에는 화를 삭였다. 물론 코가 아팠지만 끝내 크게 웃었다. 그렇게 그도 배가 아플 만큼 심하게 웃었다. 그 모습을 본 엄마는 이들을 혼내 줘야 할지, 같이 웃어야 할지 판단하지 못했다. 가족의 큰 웃음소리에 이웃의 올빼미 아줌마는 물론, 그곳에서 일 킬로미터 떨어진 곳에 사는 모든 다른 올빼미도 깼다.

그날 밤, 나나, 페로와 플라는 올빼미들이 벌이는 울음 축제를 꼼짝없이 들어야만 했다. 그들이 사는 숲에 이 대소동은 지금까지 들어 본 적이 없었다. 아기곰들은 그 대소동에 깜짝 놀라, 기절할 정도였다. 사실대로 말하자면, 엄마 아빠조차도 그런 요란한 울음을 들어 본 적이 없어 기분이 좋지 않았다. 올빼미들의 울음 축제는 밤새도록 계속되었다. 아기곰들은 다음 날 정오가 되어서야 잠에서 깼다. 그럼에도 그들은 아직 잠이 고파 뒤뚱뒤뚱거리며 걸을 정도였다. 그 아기곰들은 이웃 올빼미에게 찾아가, 이젠 제발 그런 울음은 그만해 달라고 정중히 부탁하면서, 한편으로 자신들도 최대한 앞으로 조용히 지내겠다고 약속했다. 그날 밤에는 올빼미는 더는 울지 않았다.

다음날, 잠자리에서 눈을 뜬 아기 곰들은 다시 싸움을 시작하다가도 곧 올빼미를 생각하고는 다시 조용히 지내기로 마음먹었단다. 그날부터 올빼미는 낮에도 아무 걱정 없이 잘 수 있었고, 엄마 아빠는 이젠 아이들이 더는 싸우는 소리를 듣지 않아도 되었단다.

PETOLAJ URSIDOJ

Estis iam tri ursidoj.

Ili nomiĝis Nana, Felĉjo kaj Flavinjo. Nana estis knabino ursino, la plej aĝa el la gefratoj. Ŝi estis gaja, maltrankvila, senpripensa kaj ĉiam preta por ludo kaj petolaĵoj. Felĉjo estis iom pli juna ol Nana, sed multe pli malalta. Li estis same petolema kaj maltrankvila. Flavinjo estis la plej juna. Tial ĉiuj ŝin dorlotis kaj karesis. Ŝi adoris Nanan kaj Felĉjon, kaj sen hezito ŝi faris ĉion, kion elpensis kaj faris ili du. Kaj ili du konstante elpensadis ion novan.

En ilia arbaro estis multaj ursidoj, sed ili tri estis konataj kiel tri plej viglaj kaj petolaj. Ĉiun tagon ili faris unu petolaĵon, kelkfoje eĉ du.

Nia trio estis ankaŭ tre laŭta. Kie ajn ili iris, aŭdiĝis ridado kaj kriado kaj ankaŭ krakado. Ilia patrino ofte diris, ke ŝi neniam povus ilin perdi, ĉar ili aŭdeblas eĉ trans la montoj.

Proksime de la groto en kiu vivis la ursa familio, vivis ankaŭ maljuna najbarino strigo. Ŝi dum tago dormis kaj nokte maldormis. Sed dormi apud la ursidoj estis neniom facile. Tre ofte ŝin vekis iliaj krioj. Precipe kiam ili kverelis.

Kaj la ursidoj, kvankam tre amantaj unu la alian, kverelis konstante. Kaj pri ĉio. Kiu devas la unua ricevi manĝaĵon? Kiu dormos en kiu loko? Kiu devas stari apud panjo, kaj kiu apud paĉjo? Kiu la unua saltos en la lagon? Ili tute ne opiniis, ke tio estas kverelo. Por ili tio estis normala interparolo.

Maljuna strigo preskaŭ ĉiun tagon plendis al la gepatroj ursoj pro tiu neeltenebla bruo. Post ĉiu plendado la paĉjo kaj panjo forte riproĉis la etulojn, sed tio malmulte helpis. Ili fariĝis mallaŭtaj por nelonga tempo, kaj baldaŭ ĉio estis kiel kutime.

Panjo kaj paĉjo konsideris, kion fari por ke la ursidoj malpli bruu kaj malpli kverelu. Kaj tiam venis la ideo. Ili interkonsentis kun la strigo. Ŝi normale zorge evitis ululi nokte apud la groto, sed nun ŝi dum kelkaj noktoj ululos kiom eble plej laŭte kaj timige. La strigo konsentis.

Venis la vespero kaj la ursidoj foriris dormi. Antaŭ ol ili enlitiĝis, trifoje ili ŝanĝis dormolokon, kelkfoje ili iris al la necesejo, trifoje ili trinkis akvon, kelkfoje ili diris, ke ilin doloras la ventro, unu fojon la kapo, kaj dufoje la piedo. Kaj post tio ili eksilentis.

Sed kiam ili estis pretaj tuj ekdormi, aŭdiĝis

terura bruo. Sonojn pli abomenajn la ursidoj neniam aŭdis. Ili forkuris al la gepatroj kaj tremante sin enŝovis en ilian liton. La gepatroj ilin trankviligadis dirante, ke tio estas nur la najbarino strigo. La bruo daŭris preskaŭ du horojn. Kiam ĝi finfine ĉesis, la ursidoj tuj ekdormis.

Morgaŭ ili apenaŭ vekiĝis. Ne sufiĉe ili dormis. Ili estis tiom dormemaj, ke tiun tagon ili estis nek laŭtaj nek ludemaj. Apenaŭ ili atendis la vesperon por iri dormi. Eĉ antaŭ la dormado nur dufoje ili petis akvon kaj nur unu fojon iris al la necesejo. Sed tuj kiam ili decidis endormiĝi, denove aŭdiĝis ululado. La ursidoj estis dormemaj kaj ege deziris dormi, sed pro la bruo ili ne povis. Nur du horojn poste la strigo eksilentis, kaj ili elĉerpitaj ekdormis.

Matene la panjo skuadis ilin duonhore antaŭ ol ili sukcesis eliri el la ursa loĝejo. La okuloj kaj kapoj ilin doloris, kaj nek manĝi nek ludi ili volis. Nur dormi. Tial ili petis la gepatrojn, ke tiuj iru al la strigo kaj diru al ŝi, ke ne plu li nokte ululu. La gepatroj respondis, ke tion oni ne povas postuli se la ursidoj faras bruon tage.

Nana, Felĉjo kaj Flavinjo promesis, ke ili estos multe malpli bruaj. Tiun nokton la strigon oni ne aŭdis. Morgaŭ la ursidoj vekiĝis satdormintaj, gajaj kaj pretaj por kverelo. Resti trankvilaj ili provis, sed tio daŭris nur duonhore. Kaj poste ĉio estis kiel antaŭe.

Flavinjo batis Felĉjon je la kapo, ĉar li ne donis al ŝi piron. Li rebatis kaj komencis vera batado. Nana provis ilin haltigi, sed ankaŭ ŝi ricevis vangofrapon kaj post tio ankaŭ ŝi partoprenis la batadon. Kun granda bruo, ili renversis kruĉon plenan de mielo. Felĉjo forglitis sur la mielo kaj plenforte frapegis la muron. Tio aspektis tiom ridinda, ke Nana kaj Flavinjo falis planken pro rido. Tiel laŭtan ridon ili faris, ke la tuta groto tremegis. Ankaŭ Felĉjo ne plu povis koleri kaj, kvankam lin doloris la nazo, li aliĝis al la ĝenerala ridado. Tiel forte li ridis ka la ventro lin ekdoloris. Panjo ne povis elekti: ĉu ilin riproĉi aŭ nur ridi kune kun ili.

Krom la najbarinon strigon, la ursidoj ĉi-foje vekis ankaŭ ĉiujn aliajn strigojn je distanco de unu kilometro. La sekvan nokton Nana, Felĉjo kaj Flavinjo havis grandan festivalon de ululado. Tioman bruon en ilia arbaro neniu estis aŭdinta ĝis tiam. La ursidoj estis konsternitaj. Kaj, por diri la veron, ankaŭ panjo kaj paĉjo ne fartis agrable, kvankam ili tion neniam rekonus. La ululado daŭris la tutan nokton.

La ursidoj vekiĝis nur tagmeze. Apenaŭ ili povis marŝi pro dormemo. Ili foriris al la strigo kaj petis, ke ŝi ĉesu ululi, kaj ili estos silentaj, kiom ajn ili povas.

La sekvan nokton la strigo denove ne ululis.

Morgaŭ la ursidoj, post kiam ili malfermis la okulojn, denove komencis kvereli, sed tuj ili rememoris la strigon kaj retrankviliĝis. Ekde tiu tago la strigo povis dormi senĝene, kaj paĉjo kaj panjo ne plu devis aŭskultadi kverelojn.

산토끼 살투포로

숲속 어느 그루터기 아래에 엄마 토끼, 아빠 토끼, 또 아기 토끼 6마리가 살고 있었단다.

아기 토끼들은 태어난 지 얼마 되지 않았단다.

그러니 아직 털도 나지 않고, 아직 잘 부지도 못했단다.

그러나 그들이 조금씩 자라자 자신의 주변을 잘 볼 수 있고, 털도 조금씩 나기 시작했단다.

들에서 자라는 토끼는 보통 회색이란다.

우리 주인공인 아기 토끼들도 마찬가지란다. 회색 토끼들 자신들은 땅의 풀 속에 잘 숨어 지낼 줄도 안단다.

또 재빠른 걸음도 그들의 가장 좋은 보호 방법이란다. 아기 토끼 중 막내는 너-무, 너-무 궁금한 게 많은 것이 다른 오누이들과는 좀 달랐다.

막내 토끼 이름은 **살투포로**였다.

그는 어떤 일을 보면, 그것이 꼭 그 상태로 있어야 하는지 궁금해 자신에게 묻고, 그 일들이 다른 상태로 있으면 더 낫지 않을까 하고 자신에게 묻기도 하였다.

'다람쥐는 왜 갈색 털을 지니며, 꼬리는 저렇게 아름다운가? 왜 울새는 저렇게 아름답게 붉은 털을 지니는가? 그런데 왜 우리 토끼들은 회색인가? 토끼들은 다른 색이면 더 좋지 않은가?'

엄마 아빠는 그런 생각을 하는 막내에게 큰 관심을 두지는 않았다. 왜냐하면, 모든 것은 지나갈 것이라

믿었다.

또 막내가 크면 이런 모든 멍청한 질문도 잊을 것이라며.

어느 날 아빠 토끼, 엄마 토끼 또 6마리의 아기 토끼가 모두 들판에 나섰다. 어린 새끼들이 처음으로 들판에 나왔다.

바로 그때 그들은 처음으로 양귀비꽃들도 볼 수 있었다. 양귀비꽃은 아주 아름답고 반짜거리며 붉은색이다. 살투포로는 자신도 저 양귀비처럼 저렇게 붉은색을 지니고 있었으면 하고 생각해 보았다.

다른 오누이들은 숲에서 즐거이 뛰놀며, 풀 속에 숨기도 하지만, 살투포로는 가만히 앉아 양귀비만 쳐다보며 골똘히 생각하고 있었다.

엄마 아빠는 뭔가 이상한 일이 있구나 하고 주목했다.

그래도 그런 모습이 막내가 하는 멍청한 행동 중 새로운 하나로구나 하며 내버려 두었다. 부모는 한가로이 풀과 토끼풀을 씹고 있었다.

그날 이후로 막내는 아주 변해 버렸다.

그는 조용하고, 혼자 있기만 좋아하였다. 기뻐하는 모습은 전혀 볼 수 없다. 기분도 좋은 편이 아니라 마치 병이 든 것 같았다. 엄마는 이제 큰 걱정이 생겼구나 하고 생각했다.

엄마는 그런 막내를 위해 아주 맛난 채소 수프를 만들어 주었다. 그러나 이것도 막내에겐 도움이 되지 않았다. 그때 살투포로는 결심했다.

그가 붉은색의 토끼가 아니라면, 붉은 페인트로 자

신을 칠하는 것이 낫겠다고 결심했다. 그런데 가장 큰 문제가 생겼다: 붉은 페인트를 어떻게 칠하지? 토끼가 사람들이 잘 가는 머리 손질 방을 찾아가, "다른 색깔로 몸을 물들이고 싶어요. 그런 색깔로 좀 칠해 주세요!"라고 말할 수는 없다.

그런데 바로 그때 그에겐 좋은 생각이 떠올랐다.

그는 나무딸기가 있는 곳으로 가, 자신의 털을 나무딸기 열매로 열심히 문지르기 시작했다.

'이젠 빨갛게 될 거야!'라고 생각했다.

그러나 살투포로가 양귀비처럼 아름답게 붉은 모습으로 변한 것이 아니라, 엉겨 붙은 털과 나무딸기 열매에 붙은 가시로 인해 온통 자신의 모습이 더럽혀졌다.

그런 모습으로 막내가 집에 오자 모두 웃으며 놀렸다.

그는 3번이나 물로 씻고 나서야 겨우 더러워진 몸을 깨끗이 할 수 있었다. 그렇다고 여기서 그만둘 막내가 아니다.

그는 단단히 붉은 칠을 하고 살아갈 결심을 하였다. 그러던 어느 날, 살투포로는 사람들이 숲 옆의 어느 집 정원의 울타리를 붉은 페인트로 칠하는 것을 보았다.

사람들이 일을 마치고 간 것을 보고는 그가 몰래 울타리로 다가갔다. 그곳에는 아직 마르지 않은 채, 쏟아진 채 고여 있는 페인트를 발견하였다.

그는 정말 행복하게도 그 페인트 위에 드러누워 오랫동안 몸을 구르기 시작했다.

그러니 기적이 일어났다!

그는 정말 양귀비처럼 열정적으로 붉게 되었다! 급

히 막내는 자신의 아름다움을 자랑하러 집으로 달려왔다. 그러나 집에서는 그의 그런 모습에 놀라지 않는 대신, 모두 겁을 먹고는 그에게 멀리 가 버리기까지 했다.

살투포로는 매우 슬펐다.

'만일 모두가 그를 겁내고, 그에게서 멀리 달아나 버린다면, 그 붉은 색깔이 무슨 소용이 있는가?' 그래서 그는 붉은 페인트를 씻으려고 급류가 흐르는 곳으로 갔다.

그러나 애석하게도 페인트는 물에 잘 씻겨지지 않았다. 그는 아주 큰 목소리로 울며 집으로 돌아왔다.

엄마가 그간의 사정을 듣자, 불쌍한 그를 도와주려고 했다. 엄마는 붉게 변해 버린 털을 잘라버리려고 했지만 이도 불가능했다.

바로 그때 어머니에게 좋은 생각이 떠올랐다.

가을이 되면, 붉게 변해 버린 털이 빠지고 새털로 바뀌는 털갈이를 한다는 것이 생각났다.

그때까지만 막내는 붉은 채로 참아야 했다. 그러자 이젠 그에겐 다른 별명이 하나 생겼다. 살투포로라는 이름 말고도 '붉은 토끼'라고.

그 일이 있은 뒤로 지금, 그토록 붉은 모습을 좋아해 그렇게 붉게 페인트칠했던 그는 이제 그 별명도 싫어졌다.

그 어린 토끼에겐 어서 가을이 왔으면 하고 기다렸다.

이제 가을이 되었다.

그가 다시 회색 털을 지니게 되자, 누구보다도 행복

했다.

　그때 그는 일생에 다시는 원래 모습이 아닌 다른 모습으로 살지 않을 것이라고 결심을 단단히 했다.

　그러나 '붉은 토끼'라는 별명은 여전히 남아있었단다.

LEPORO SALTUFORO

En la arbaro sub la stumpo vivis panjo leporo, paĉjo leporo kaj ses leporidoj.

La idoj antaŭ nelonge naskiĝis, kaj tial ili ne havis felon kaj ne povis vidi. Sed kiam ili iomete kreskis, ili komencis vidi kaj elkreskis ankaŭ la felo. Sovaĝaj loporoj estas grizaj, do tiaj estis ankaŭ niaj leporidoj. Tiu koloro helpas al ili kaŝi sin pli bone sur la tero, kaj tio estas por leporoj, krom rapidaj piedoj, la plej bona protekto.

La plej eta el ili estis tre-tre scivolema kaj iel malsama. Li nomiĝis Leporo Saltuforo. Senĉese li sin demandis ĉu la aferoj devas esti ĝuste tiaj, kiaj ili estas, kaj ĉu ne estus pli bone se ili estus aliaj.

"Kial la sciuro estas bruna kaj havas tian belan voston? Kial la rubekolo estas tiel bele ruĝa kaj leporoj grizaj? Ĉu ne estus pli bone se ili estus alikoloraj?"

Panjo kaj paĉjo leporo ne multe atentis tiujn pensojn, kredante ke ĉio pasos kaj, kiam li estos iom pli aĝa, ĉiujn ĉi stultaĵojn li forgesos.

Iun tagon la paĉjo leporo, la panjo leporo kaj la ses leporidoj foriris al la kampo. La etuloj ankoraŭ ne estis irintaj sur ĝin. Kaj tiam ili la unuan fojon vidis papavojn. Tiuj floroj estis belegaj kaj brile ruĝaj. Saltuforo tuj ekdeziris esti same ruĝa kiel tiuj papavoj.

Dum la gefratoj ĝoje ludis, saltadis unu trans la alian kaj kaŝis sin en la herbaro, li nur kuŝis kaj sopiris rigardante la papavojn. La gepatroj rimarkis, ke io stranga okazas, sed kompreninte ke tio estas iu lia nova stultaĵo, ili daŭrigis trankvile maĉi herbojn kaj trifolion.

Ekde tiu tago la leporido tute ŝanĝiĝis. Li fariĝis silenta, soleca, sen ĝojo kaj sen bona humoro, kvazaŭ malsana. La panjo jam komencis forte zorgi.. Ŝi kuiris al li plej bongustan supon el legomoj, sed eĉ tio ne helpis.

Kaj tiam Salĉjo (kiel la gepatroj lin nomis) faris decidon. Se li jam ne estas ruĝa, li sin ŝmiros per ruĝa farbo. La sola problemo estis: kiel tion fari? Ja ne povas leporoj foriri al frizisto kaj diri: "Mi deziras alian koloron, bonvolu min kolorigi!" Sed rapide venis la ideo. Salĉjo foriris al framboj kaj diligente frotadis sian felon per iliaj fruktoj. "Nun mi finfine estos ruĝa!" pensis li. Sed, ve, anstataŭ fariĝi bele ruĝa kiel papavoj, li fariĝis malpura, plena de gluitaj haroj kaj dornoj. Kiam li venis hejmen, ĉiuj ridis kaj diradis ŝercojn pri li. Tri foje li devis sin bani, ĝis li forigis ĉiun malpuraĵon. Tamen, la eta leporo ne rezignis. Li firme decidis fariĝi ruĝa.

Kaj unu tagon li vidis, ke homoj en iu ĝardeno apud la arbaro ruĝe kolorigas barilon. Kiam la homoj foriris, li kaŝe aliris la barilon kaj vidis flakon da elverŝita farbo, kiu ankoraŭ ne sekiĝis. Tutfeliĉa li kuŝigis en tiun flakon kaj longe ruliĝis en ĝi. Kaj jen la miraklo! Li fariĝis arde ruĝa, ĝuste kiel papavoj! Rapide li kuris hejmen por laŭde montri sian belecon. Sed hejme lin neniu admiris, ĉiuj ektimis kaj forkuris.

Saltuforo iĝis tre malĝoja. Kian utilon havas la ruĝa koloro, se ĉiuj lin timas kaj kuras for? Li iris sin lavi en la torento. Sed, ve, la farbo ne povis esti forlavita. Plorante per plena gorĝo li reiris hejmen. La panjo lin aŭdis, kompatis kaj provis helpi. Ŝi provis eĉ forŝiri ruĝajn harojn, sed tio ne estis ebla. Kaj tiam al ŝi venis la ideo. Aŭtune defalos tiu ruĝa felo kaj elkreskos la nova. Nur ĝis tiam li devas resti ruĝa. Baldaŭ li ricevis novan kromnomon: ne plu li estos Salĉjo sed Ruĝulo.

Kaj li, kiu tiom deziris esti ruĝa, nun ne ŝatis la kromnomon.

La leporido pene atendadis la aŭtunon, kaj neniu povis esti pli feliĉa ol li, kiam li denove fariĝis griza. Tiam li decidis firme, plej firme, ke ne plu en lia vivo li deziros esti io alia, ol tio kio li estas.

Sed la kromnomo Ruĝulo restis.

실패한 학교

어느 날, 자작나무 가지에 엄마 참새, 엄마 종달새, 엄마 울새가 모였단다.

보통 세상의 모든 엄마가 꼭 그렇게 하듯이 엄마 새들도 이 이야기 저 이야기하며 지저귀고 있었단다.

"어딜 가면 맛있는 벌레를 잡을 수 있어?"

"요즘 같은 계절엔 우리 숲에서 가장 노래 잘 하는 가수-새는 누구야?"

"요즘 가장 유행하는 깃털 색깔은 뭐야?"

"누구 집 애가 가장 똑똑해?"

"잘 생긴 애는 누구야?"

"누가 제일 착해?"

엄마들이란 언제 어디서나 똑같다.

엄마 새들도 이 숲 전체에서 바로 자기 집 아이가 가장 똑똑하고, 잘생기고 착하다고 한다.

하지만 그들은 결코 옆집 엄마 새가 지저귀는 말에 서로 동의하지 않는다. 그런 정감 어린 지저귐으로 시작된 대화가 나중에는 말다툼으로 변해 버리기도 한다. 어떤 경우에는 깃털 몇 개가 이미 자신들의 몸에서 뽑혀 나부끼기조차 한다.

만일 그때 비둘기가 다가오지 않았다면, 그 말다툼은 언제 끝날지 아무도 모를 정도였다.

비둘기는 그 모임에서 이야기를 듣자, 그 아이 중 누가 가장 착한지 한번 알아보도록 하면 어떠냐고 조정해 주었다.

말인즉, "필시 애들 모두를 학교로 보내면, 선생님이 서열을 결정해 줄 것이야. 선생님들이 존재하시는 이유가 그것이라니까!"

그래서 엄마 새들은 학교를 하나 만들어 그 학교에 제 자식들을 보낼 결정까지는 그 일이 순조롭게 결정되는 것 같았다. 그런데, 학교가 있으면 선생님두 필요했다. '선생님은 어디서 모셔오지?'

그때 그들은 올빼미 여사를 생각해 냈다.

모두는 **올빼미** 여사가 아주 현명한 분이라는 걸 이미 알고 있었다.

엄마 새들은 올빼미 여사를 찾아가, 선생님으로 와 주십사 하고 요청했다.

처음에는 올빼미 여사는 조금 주저했다. 그러나 올빼미 여사는 자신을 찾아온 다른 엄마들이 올빼미 여사야말로 현명하신 분이라며 칭찬하는 말에 감동하여 가르치는 일을 받아들였다.

그들 모두는 다음날 오전 10시에 나이 많은 떡갈나무에서 학교의 첫 수업하는 결정을 했다.

어린 새들 모두 다음 날 오전 10시에 떡갈나무 위에 모였으나, 그 올빼미 선생님은 보이지 않았다.

반 시간이나 더 기다렸다.

그때, 한 학생이 추측하길, 아마 올빼미 선생님이 지금 주무실 것 같다고 했다.

그래서 학생 모두는 선생님 댁으로 날아갔다.

추측대로 올빼미 선생님은 자고 있었고, 그것도 아주 잠에 곯아떨어져 있었다. 10분간 모두 힘을 합쳐 선생님을 흔들어 깨웠다.

그러자 선생님은 문장 하나를 말하고는 다시 코를
골았다.

이제 모두는 오늘 수업이 안 될 것을 알고서 선생님
께 여쭈어보았다.

"그럼, 언제 수업을 시작하면 선생님께서 편하게 강
의하실 수 있는지요?"

잠결에 그 말을 들은 올빼미 선생님은 기쁜 듯이 이
렇게 말했다.

"저녁 10시에 하자!"

그런 말씀에 학생들은 좀 무서움을 느꼈지만, 선생
님께서 하시는 말씀이라 그리 하겠다고 했다.

선생님 말씀이 학생들의 마음에는 전혀 들지 않아
도. 그날 밤 10시, 올빼미 선생님은 약속장소에서 기
다렸다.

하지만 한 시간이 지나도 이번에는 학생들이 1명도
오지 않았다.

정말 학생들은 거짓말하지 않았고 나쁜 학생도 아니
었다. 어린 참새들은 잠자지 않으려고 무진 애를 학교
갈 시간을 기다렸지만, 그 잠을 이기지 못하고 잠들어
버렸다.

어린 종달새들은 학교로 오다가 그만 어둠 속에 길
을 잃어버렸다.

부모 종달새는 자식들을 찾아 나섰다. 결국, 그들은
밤나무 가지에 앉아 있는 자녀들을 발견했다.

울새들은 약속장소인 떡갈나무까지 왔으나, 바람 때

문에 나무들이 윙-윙-하며 내는 소리에 놀라, 집으로 황급히 돌아 가버렸다.

그래서 또 수업은 이루어질 수 없었다.

엄마들과 올빼미 선생님이 다시 모여 오랫동안 상의해 보아도 수업 시간을 정할 수 없었다.

끝내 올빼미가 그들에게 다른 선생님을 찾아보라고 제안하였다.

"누구를요?" 엄마들이 물었다.

올빼미는 **딱따구리** 님을 제안했다. 그분은 낮에 자지 않고, 밤에 잔다.

엄마들은 곧장 딱따구리 님을 찾아 날아갔다.

딱따구리는 엄마들의 요청을 듣고는 잠시 생각해 보더니 승낙했다.

그래서 수업은 내일 아침 10시에 그 나이 많은 떡갈나무에서 열기로 했다.

다음 날 아침 10시, 그 나이 많은 떡갈나무에 학생들도 모였고, 선생님도 오셨다.

그렇게 첫 모임에 모두 만족했다.

딱따구리 선생님은 오늘 첫 수업 시간에 배울 것은 '나무에 구멍 내기'라고 했다.

그런데 첫 배움인 '나무에 구멍내기'를 하다가 참새들은 자신들의 작은 부리가 깨졌고, 종달새들은 자신들의 부리가 그만 구부려져 버렸고, 울새들은 아예 배울 시도조차 않으려 했다.

그러자 선생님은 결론을 내렸다.

선생님은 이렇게 해서는 학교가 제대로 운영이 안

되겠다며 엄마들에게 새 선생님을 구하라고 말했다. 엄마들은 이번엔 **황새** 여사를 선생님으로 정했다.

그분은 아주 진지하였다.

황새 선생님이라면 엄마들의 아이들에게 좋은 성품을 가르쳐 줄 것이라고 믿었다.

그래서 엄마들은 늙은 황새를 찾아가, 아이들의 선생님이 되어 주셨으면 한다고 요청하였다.

황새 여사는 이에 동의하고, 그 떡갈나무에서 10시에 아이들을 가르치는 것에 동의하였다. 그렇게 정한 시각에 아이들과 선생님은 제 자리에 각각 앉았다.

황새 선생님이 오늘 배울 것으로, '개구리 잡는 법'을 가르쳐 주겠다고 하자, 학생들은 이를 한목소리로 거부했다.

그러자 황새 선생님은 다른 것을 배우자며, '얕은 물에서 걷는 법'을 학생들에게 설명해 주고 얕은 물이 있는 곳으로 갔다.

그 얕은 물에서 학생들이 걷기를 배우다가 그만 모두 물에 빠져 버렸다.

그때 마침, 다행스럽게도, 울새 한 마리가 그 광경을 보고는 물에 빠진 학생들을 차례로 꺼내 주었다. 그렇지 않았다면 무슨 불행한 일이라도 일어났으리라. 뭍으로 나와, 온몸이 젖은 채로 어린 새들은 자신의 집으로 돌아갔다.

엄마들과 어린 새끼들은 이제 학교에 대해 지쳐 버렸다.

마침내 그들은 황새 선생님께 그동안 수업을 잘 지

도해 주서서 정말 고맙다는 인사를 한 뒤, 엄마들은 이렇게 결론을 지었다.

이제 자신들이 직접 자기 자식을 가르쳐야겠다고 했다.

늙은 황새는 그런 말을 아주 기꺼이 받아들여 즐거운 마음으로 개구리를 잡으러 날아 가 버렸다.

그런 일이 있은 뒤로는, 오늘날도 엄마들은 누구네 자식이 가장 똑똑하고, 예쁘고, 착한지에 대해 서로 동의하지 못한다.

MALSUKCESA LERNEJO

Panjo pasero, panjo alaŭdo kaj panjo rubekolo renkontiĝis iun tagon sur betula branĉo kaj komencis pepi pri multaj aferoj, kiel ja panjoj kutimas fari.

Kie oni povas trovi plej bonajn vermojn? Kiu estas la plej bona kantanto en la arbaro ĉi-sezone? Kiu pluma koloro nun pleje furoras? Kies infanoj estas la plej saĝaj, la plej belaj kaj bonaj···?

Panjoj ĉiam samas. Ĉiu el ili diris, ke ĝuste ŝiaj infanoj estas la plej saĝaj, belaj kaj bonaj en la tuta arbaro. Neniel ili povis interkonsentiĝi, kaj la interparolo de agrabla pepado fariĝis serioza kverelo. Eĉ kelkaj plumoj jam defalis. Oni ne scias, kiel la afero finiĝus, se tie ne estus alfluginta iu kolombo. Tiu komprenis, kio okazas, kaj diris, ke iu alia devus decidi, kies infanoj estas la plej bonaj. Eble estus plej bone sendi ilin al lernejo, kaj tie decidu la instruisto. Instruistoj ja ekzistas ĝuste por tiaj aferoj!

Tiam ili decidis. Ili fondos birdan lernejon kaj sendos ĉiujn birdidojn al ĝi, kaj tiam oni vidos, kiel statas la afero. Sed por tio necesis instruisto. Kaj kie lin trovi?

Tiam ili rememoris la sinjorinon strigon. Ĉiuj scias, ke ŝi estas tre saĝa. Kaj ili tri foriris al ŝi, por peti, ke ŝi akceptu la laboron. La strigo komence iom hezitis. Sed ŝi estis ankaŭ flatita pro tio ke ili opinias ŝin saĝa, kaj fine ŝi akceptis.

Ili interkonsentis, ke la instruado komenciĝu morgaŭ je la deka horo sur la malnova kverko. Kaj je la deka ĉiuj birdidoj estis sur la kverko, sed la instruistino ne aperis. Ili atendis duonhoron, ĝis kiam iu lernanto supozis, ke la strigo eble dormas. Ĉiuj lernantoj forflugis al ŝia arbo. Nature, la strigo dormis, kaj eĉ tre firme.

Ili skuadis ŝin dek minutojn, sed eĉ tiam ŝi apenaŭ kapablis eldiri kompletan frazon, kaj denove ŝi ekronkis. Ĉiuj konkludis, ke la instruado ne povas okazi, kaj demandis la instruistinon, kiam ĝi okazu laŭ ŝia deziro. La strigo tre volonte proponis, ke tio okazu je la deka vespere. La birdidoj tuj ektimis aŭdinte tion, sed instruistojn oni devas obei. Ili konsentis, kvankam tio al ili tute ne plaĉis.

Tiun tagon je la deka vespere la strigo atendis la lernantojn plenan horon, sed eĉ ne unu aperis. Vere ili estis nek trompuloj nek malbonaj lernantoj. La paseroj simple endormiĝis, kvankam ili ĉiel klopodis resti maldormaj. La alaŭdoj perdiĝis en la mallumo. La gepatroj ilin longe serĉis, kaj finfine ilin trovis timantaj sur kaŝtana branĉo. Kaj la rubekoloj preskaŭ venis ĝis la kverko, sed tiam ili ege ektimis ian susuron sur la arboj, kaj tuj ili rapide revenis. Do denove nenio el la instruado.

La panjoj kaj la strigo poste longe interparolis, sed ili ne sukcesis konsentiĝi pri la komenco de la instruado. Kaj fine la strigo diris, ke ili trovu alian instruiston. Sed kiun? La strigo proponis sinjoron pegon. Li tage maldormas, kaj dormas nokte. La panjoj tuj flugis al la pego. Li aŭskultis ilian peton kaj post mallonga pensado li konsentis. La instruado okazos morgaŭ je la deka sur la malnova kverko.

Morgaŭ je la deka sur la malnova kverko estis kaj la lernantoj, kaj la instruisto. Kaj ĉiuj pro tio estis tre kontentaj. Sed, ve, la pego decidis, ke ili lernu fari truojn en la arbo. La paseroj rompis siajn etajn bekojn, la alaŭdoj ilin kurbigis, kaj la rubekoloj eĉ ne volis provi.

La instruisto vidis, ke tio ne funkcios, kaj ke ili devos trovi novan instruiston.

La panjoj elektis sinjorinon cikonion. Ŝi aspektas tre serioza. Ŝi instruos al iliaj infanoj bonan konduton. Kaj vere la panjoj trovis iun maljunan cikonion, kiu konsentis instrui iliajn idojn, same je la deka sur la malnova kverko.

Je la deka ĉiuj lernantoj kaj la cikonio estis sur siaj laborlokoj. Sinjorino cikonio decidis al ili montri, kiel oni kaptas ranojn, sed la lernantoj tion unuvoĉe rifuzis. Kaj kiam ŝi provis al ili klarigi, kiel oni paŝas sur malprofunda akvo, la birdidoj preskaŭ dronis. Feliĉe ke alflugis iu rubekolo, kiu en la lasta momento ilin eltiris el la akvo, alie malbono povus esti okazinta. La birdidoj elĉerpitaj kaj ĝisoste malsekaj revenis al siaj nestoj.

Kaj la panjoj kaj la idoj jam tediĝis pro tia lernejo. Fine ili bele dankis la sinjorinon cikonion pro ŝia laboro. Ili diris, ke ili ĉiuj konkludis, ke de nun ĉiu panjo mem instruu siajn idojn. La maljuna cikonio tion tre volonte akceptis kaj ĝoje foriris kapti ranojn.

Sed eĉ hodiaŭ la panjoj ne povas konsentiĝi pri tio, kies infanoj estas la plej saĝaj, belaj kaj bonaj.

진지하지 못한 성격의 생쥐

아주 큰 덩치의 떡갈나무가 뿌리 내린 땅속에는 움푹 파인 작은 구멍이 하나 있었단다. 그 구멍은 너무 작아 생쥐 말고는 다른 들짐승은 드나들기 어려웠단다. 그런 구멍도 생쥐들에게는 크고 넓었단다. 그래서 생쥐 가족은 그 구멍 속을 집으로 삼아 살았단다.

생쥐 가족은 아빠, 엄마와 어린 새끼 다섯이란다. 가족 구성원이 일곱이나 되니 가족에겐 지루한 날은 절대 없다.

부모는 귀여운 다섯 자녀에게 충분한 먹거리를 갖다 주느라 일손이 바빴다. 부모는 씨앗이나 곡식과 열매들을 주워 왔다. 부모가 그만큼 많이 가져다 놓아도 그들의 식사는 언제나 부족했다.

부모는 언제나 더 많이 가져와야 했다. 그렇다고 새끼 생쥐들이 굶주림으로 고생하지는 않았다. 사실 그들은 제법 뚱뚱하여 그 모습이 마치 공처럼 둥글다. 그들은 먹성이 아주 좋은 녀석들이라 말할 뿐이다.

부모가 먹거리를 찾아 나서는 동안, 어린 녀석들은 놀고 또 놀며 지낸다. 그들은 계속 놀기만 하면서 지냈다.

그들이 가장 좋아하는 놀이는 '내가 누구인지 알아맞춰 봐!'라는 놀이였다.

그들은 목청껏 소리 지르는 것을 같이 하는 걸 아주 좋아했다. 그러나 아직 어려, 움푹 파인 구멍을 빠져 집 밖으로 나가는 것은 그들에겐 허락되지 않았다.

그런 놀이가 점차 지겨워지자, 이젠 그들은 저 구멍을 나갈 날이 오기만 기다리고 또 기다린다.

마침내 그날이 왔다.

이젠 더는 기다리지 못해 아주 흥분한 어린 생쥐들은 저 구멍을 먼저 **빠져나가**, 바깥세상을 보려고 서로 밀치기조차 하였다. 그들이 얼마나 서로 먼저 **빠져나**가고 싶었는지, 동시에 모두 같이 나가려고 시도하다 구멍 입구가 그만 막혀 버렸다.

부모가 이 혼돈의 순간을 겨우 수습해, 차례대로 아이들이 바깥으로 나가게 해 주었다.

그 구멍을 나오면서, 그들은 자신들이 아주 크고 중요한 존재인 줄로 생각했다.

그러나 실로 그들은 아직 세상을 잘 모른다. 그들은 먹을 수 있는 것이 무엇이고, 먹으면 안 되는 것이 뭔지 아직 몰랐다. 또 어떤 물체 앞에서는 몸을 조심해야 하는지도 몰랐다.

그래도, 그들은 너무 자신에 차 있고 흥분해 있어, 자신을 마치 자신의 부모처럼 큰 존재로 느끼기도 하고, 때로는 부모보다 더 큰 존재로 여길 정도였다. 아빠 엄마 생쥐는 자녀들을 데리고 다니면서 자식들이 꼭 알아야 하는 걸 언제나 보여주고 설명도 주었다. 그러나 그 자식 중 맏이인 생쥐는 부모의 이런 설명을 지루하게 느끼고는 전혀 필요 없다고 생각해 버렸다.

'정말 아빠와 엄마는 더 흥미롭고 더 중요한 이야기를 할 줄 모르는가?'

엄마 아빠는 이런 말만 해 줄 뿐이었다: "이 열매를

잘 봐 둬. 이 열매는 먹을 수 있어. 저 열매는 독이 들어 있어 먹으면 안 돼!"

'아, 정말 그 정도면 아주 간단한 걸! 잘생긴 열매는 먹으면 되고, 못 생기고 작은 열매는 먹으면 안 된다니. 그게 무슨 대단한 공부라고!'

하며 맏이 생쥐는 생각하였다.

다른 모든 어린 자식들은 부모님이 하시는 설명을 진지하게 듣고 있었지만, 맏이 생쥐는 이 모든 열매나 곡식이나 기타 여러 가지에 대해 더는 관심 없다는 듯 가능하면 사방을 둘러보기만 하였다.

그는 길을 가로질러 지나가는 고슴도치를 아주 흥미롭게, 또 오랫동안 멍하니 바라보았다.

그러는 동안, 가족은 이미 다른 곳으로 이동하고는, 그 자리에 아무도 없었다.

갑자기 그는 자신만 혼자되었음을 알게 되었다. 그는 겁이 덜컹 났다.

그는 길가에 주저앉아 울음을 터뜨렸다.

바로 그 순간 아빠는 생쥐 중 한 마리가 없는 것을 알았다.

그는 크게 걱정하며, 서둘러 자신들이 왔던 길을 돌아 가 보았다.

얼마나 많이 눈물을 흘렸는지 온몸이 젖은 맏이를 아빠는 발견했다.

아빠와 맏이는 만남의 기쁨으로 아주 행복했다. 맏이는 앞으로는 자신의 무리에서 뒤처지지 않겠다고 약속을 했다.

그날, 그렇게 어린 생쥐들은 많은 감동을 안고 자신의 사는 집으로 돌아왔다.

그들은 아주 피곤했다. 그래서 그들은 거의 아무것도 먹지 못한 채 곧장 자야 했다.

다음날 다시 그들은 숲을 관찰하러 길을 나섰다. 이번에는 부모는 일정한 거리를 유지한 채, 멀리서, 안전하게, 자식들에게 시라소니와 올빼미에 대해 설명해 주었다.

올빼미는 나무 위에서 자고 있어 전혀 위험하지 않은 것처럼 보였다.

이번에도 맏이 생쥐는 부모가 가르쳐 주시는 모든 것은 배울 필요가 없구나 하고 다시 생각했다. '고양이는 저렇게 생겼어. 너희는 주의해. 너무 가까이 가면 안 돼. 또 올빼미는 낮에는 잠만 잔다. 또 밤에는 너희들은 나가면 안 돼. 아무런 새로운 지식도 없구먼! 또 멍청한 훈계로군!'

이 모든 것을 그는 이미 오래전부터 알고 있었다. 힘든 하루를 보낸 저녁에야 그들은 자신들의 침대로 겨우 돌아올 수 있었다.

그들은 저녁을 먹을 수 없었다.

그들은 곧장 잠들었다.

3일째 되던 날, 부모는 버섯을 설명해 주었다.

"이 버섯은 먹을 수 있고, 저 버섯은 독이 들어있어. 이것을 구분하기란 간단한 일이 아니야. 버섯은 모두 모양이 아주 비슷했기 때문이지. 만일 너희가 순간 잘못 생각해 선택하기라도 하면, 독버섯을 먹거리로 잘못 판단할 수 있어요."

그러나 우리 주인공 맏이 생쥐는 이 모든 것은 간단하고, 지루하고, 전혀 필요하지 않다고 생각했다.

다시 그는 부모님 말씀에 귀 기울이지 않았다. 그는 형형색색의 나비를 발견하고, 나비 나는 모습을 즐기고 있었다. 맏이는 나비가 나는 쪽을 따라갔다. 그는 자신의 앞에 무엇이 있는지 주의를 기울이지 않은 채 달려가다 그만 흙탕물에 빠져 버렸다.

맏이의 온몸이 물에 젖은 것은 물론, 다른 식구들은 그런 그의 모습을 보고는 비에 젖은 암탉 같아 보인다며 그를 놀려댔다.

그렇게 꼬박 한 달을 매일매일 어린 생쥐들은 부모와 함께 산책하러 나갔다가 돌아오곤 했다. 조금 조금씩 그들은 자신이 꼭 알아야 하는 모든 것을 배워 나갔다. 다른 4마리의 어린 생쥐는 모든 걸 잘 기억하고 있었지만, 우리의 "주인공"인 맏이만 자신이 첫날 배운 것보다 더 많이 배우지 못해 아쉬운 마음을 가져야 했다.

이제 시간이 흘러, 어린 생쥐들이 각자 독립해 살아야 하는 시점이 왔다.

그들은 부모를 떠나 모두 자신의 거처를 마련하러 나서야 했다.

모두 자신의 삶을 성공적으로 이끌어 갔으나, 맏이는 그러하지 못했다.

그는 자신이 살아갈 구멍을 재빨리 찾기는 했다. 하지만 그것은 불행의 시작이었다. 그는 배가 너무 고팠다. 그래서 그는 자신의 구멍에서 가까운 곳에 크고 아름다운 버섯이 자라고 있음을 발견하게 되었다.

그 버섯이 먹을 수 있는지 아닌지 분명히 모르는 그로서는 단번에 한입 가득 먹어 보았다.

처음에는 모든 일이 순조로웠다.

그러나 좀 있으니 배가 아프기 시작했다.

그것은 아주 심한 편은 아니었다. 그러나 나중엔 머리가 어지러웠다. 그의 두 눈에는 공포스런 광경이 나타났다. 무슨 귀신같은 것이 나타나기도 했다. 그의 귀에는 공포의 소리도 들려왔다.

이제 다리마저 그의 뜻대로 되지 않았다. 두 눈엔 모든 것이 까맣게 보였다. 그러다 그는 그만 바닥에 쓰러졌다.

그가 얼마나 오랫동안 쓰러져 있었는지 몰랐다. 다행히도 그 일은 그가 사는 집 안에서 일어난 일이었다.

만일 다른 곳에서 일어났더라면, 그는 다른 동물에 잡혔을 수도 있었을 것이다. 나중에 그는 온몸이 아주아픈 채 깨어났다. 그러나 여전히 그의 귀는 웅웅거렸다.

하지만 그를 괴롭히던 공포의 그림은 이젠 없어졌다.

다행히 그는 아주 적은 양의 버섯을 먹었다.

그래서 목숨은 구할 수 있었다.

그렇지 않았더라면 그는 필시 죽음을 맞이했으리라. 그래도 며칠이 지나도 그는 계속 아주 아팠다.

그가 이제 몸을 회복하자, 먹거리를 고를 때는 이전보다 훨씬 신중했다.

그는 어떤 먹거리가 먹을 수 있는지 없는지 구분할

자신이 없으면 배고픈 채로 참는 편이 더 낫다고 생각하며 살아갔다.

이제야 그는 부모님을 찾아가, 이런저런 식물을 먹을 수 있는지 없는지 여쭈어보기도 하였다.

그때는 자신이 아주 부끄러웠다.

그는 벌써 오래전부터 이를 알았어야 한다고 후회도 하였다.

그러나 그에겐 그런 부끄러움도 죽기에 비해서는 좋았다. 이제야 그는 자신이 부모님 말씀을 제때 제대로 듣지 않았음을, 또 자신이 너무 자만심으로 생활했음을 아주 후회하였다. 그러나 때가 늦었다.

그래서 그는 만일 자신이 새끼를 낳으면, 모든 자식이 아주 유-심-히 듣도록 가르쳐 주리라고 다짐했다. 그는 어릴 때에 모든 걸 제때 제대로 배워야 하고, 자신처럼 철들어 늦게 배우면 안 된다는 점을 깨달았다.

MUSO MALSERIOZA

Sub radiko de iu grandega kverko troviĝis malgranda kavo en la tero. Ĝi estis tro malgranda por ĉiu besto, krom por muso. Sed por musoj ĝi estis granda kaj vasta. Tial en ĝi trovis loĝejon musa familio: paĉjo, panjo kaj kvin musetoj.

Ĉar la familio estis multenombra, en ĝi neniam estis enue. La gepatroj havis plenajn manojn da laboro por alporti sufiĉan manĝaĵon por tiomaj etuloj. Diligente ili kolektadis semojn, grajnojn kaj fruktojn. Kaj kiom ajn ili alportis, neniam estis sufiĉe. Ĉiam ili devis alporti pli. Ne, la musoj ne estis suferantaj pro malsato. Fakte ili estis diketaj kaj rondaj kiel pilkoj. Ili nur estis grandaj manĝemuloj.

Dum la gepatroj serĉis ion por manĝi, la etuloj ludis, kaj ludis, kaj plue ludis. La plej ŝatata ludo nomiĝis "divenu kiu estas!". Ankaŭ krieti en koruso ili ŝatis. Sed forlasi la kavon ili ne rajtis, ĉar ili estis ankoraŭ tro malgrandaj.

Iom post iom ĉiuj ludoj fariĝis enuaj, kaj la musetoj apenaŭ atendis la tagon, kiam ili finfine povos eliri. Kaj tiu tago venis.

Senpaciencaj kaj ege ekscititaj, la musetoj sin puŝadis reciproke, por pli frue eliri. Tiom forte ili sin puŝadis, ke ili ŝtopis la elirejon. Apenaŭ la gepatroj faris ordon en tiu konfuzo, kaj elkondukis ilin eksteren.

Elirinte, la musetoj imagis sin tre grandaj kaj gravaj, sed vere ili sciis ankoraŭ nenion pri la mondo. Ili ne sciis, kion oni rajtas manĝi, kaj kion ne. Nek antaŭ kiu oni devas esti singarda. Sed tiom fieraj kaj ekscititaj ili estis, ke ili sentis sin same grandaj kiel la gepatroj, kaj eble eĉ iomete pli.

Dum la promeno la gepatroj ĉiam montris kaj klarigis al ili la aferojn, kiujn musetoj devas scii. Sed la plej granda museto tion opiniis enua kaj tute nebezonata. Ĉu vere paĉjo kaj panjo ne povas rakonti ion pli interesan kaj gravan? Ili nur diras: "Vidu ĉi tiujn berojn, ili bonas por manĝi! Kaj vidu tiujn, ili estas venenaj!"

Ja tio estas tiom simpla! La berojn kiuj estas belaj oni manĝas, kaj aliajn, kiuj estas malbelaj kaj etaj, oni ne manĝu. Kvazaŭ tio estus ia granda saĝo! — pensis la museto.

Dum la aliaj musetoj atente aŭskultis tion, kion rakontis la gepatroj, li nur rigardadis al ĉiuj eblaj flankoj, montrante neniun intereson por ĉiuj ĉi beroj, grajnoj kaj tiel plu. Kun tioma intereso li gapis al erinacoj, kiuj pasis tra la vojo, ke li ne rimarkis, ke lia familio jam foriris malproksimen. Subite li konsciis, ke li restis sola. Forte li ektimis. Li sidĝis sur la vojon kaj komencis plori. En tiu momento lia paĉjo rimarkis, ke unu museto mankas. Ege li zorgis kaj rapide revenis. Li trovis la museton malseka pro larmoj. Ambaŭ estis feliĉegaj pro la renkonto. Kaj la museto promesis, ke ne plu li forlasos la grupon.

La musetoj revenis plenaj de impresoj al sia kavo. Tiom lacaj ili estis, ke ili apenaŭ iomete manĝis kaj tuj ekdormis. Morgaŭ matene ili denove iris esplori la arbaron. Ĉi-foje la gepatroj montris al ili, komprenble de sekura distanco, linkon kaj strigon. La strigo dormis sur arbo kaj aspektis sendanĝera.

La plej granda museto denove opiniis, ke ĉio ĉi estas sensenca. Kato kiel kato. Vi atentu kaj ne venu tro proksime. Kaj la strigo ĉiukaze dormas dum tago. Kaj nokte vi ne eliros. Nenia miraklo! Kaj stulta instruo! Ja ĉion li scias jam delonge.

Vespere la musetoj apenaŭ atingis la litojn.

Eĉ vespermanĝi ili ne kapablis. Tuj ili ekdormis.

La trian tagon la gepatroj parolis pri fungoj. Kiuj manĝeblas, kaj kiuj estas venenaj. Tio vere ne estas simpla afero, ĉar estas multaj fungoj, kiuj tre similas reciproke. Se vi ne sufiĉe atentas, vi facile eraros pensante, ke iu venena fungo manĝeblas. Sed nia musceto denove pensis, ke ĉio ĉi estas tiom simpla, enua kaj tute senbezona. Denove li ne atentis la gepatrojn. Li rigardis multkoloran papilion kaj ĝian flugon. Tuj li provis ĝin sekvi kaj, ne rigardante kien li kuras, li enfalis en akvan flakon. Ne nur malseka li fariĝis, sed ĉiuj lin ankaŭ primokis, ke li aspektas kiel pluvmalseka kokino.

Kaj tiel plenan monaton la musetoj ĉiutage iris promeni kun la gepatroj. Iom post iom ili lernis ĉion, kio estis scienda. Kvar musetoj ĉion bone memorigis, nur nia "gravega moŝto" sciis ne multe pli ol li sciis la unuan tagon.

Kaj poste venis la momento, ke ĉiu museto komencu zorgi pri si mem. Ili adiaŭis la gepatrojn kaj ĉiu foriris trovi sian propran kavon. Kaj ĉiuj bone sukcesis en la vivo, krom la plej granda museto. Li la kavon trovis rapide. Sed poste venis malfeliĉo.

Li estis tre malsata. Kaj li ekvidis iun grandan belan fungon proksime de la kavo. Ne sufiĉe li estis certa, ke ĝi manĝeblas, sed unu buŝplenon li provis manĝi. Komence ĉio estis en ordo. Poste iom ekdoloris la ventro. Tio ne aspektis tre terura. Sed poste li sentis kapturnon. Antaŭ liaj okuloj aperis teruraj vidaĵoj. Nur iaj monstroj. En la oreloj li aŭdis terurajn sonojn. La gamboj ĉesis lin obei. Ĉio nigriĝis en liaj okuloj kaj li falis sur la teron. Kiom longe li tiel kuŝis, li ne sciis. Feliĉe ke tio okazis en la kavo, alie iu povus lin formanĝi!

Li vekiĝis kun grandaj doloroj en la tuta korpo. Ankoraŭ en liaj oreloj estis zumado, sed la teruraj bildoj malaperis. Savis lin la fakto, ke nur tre malmulte da fungo li manĝis, alie li certe estus morta. Sed poste dum kelkaj tagoj li ankoraŭ fartis tre malbone.

Kiam li resaniĝis, li komencis multe pli atente elekti manĝaĵon. Li eĉ preferis resti malsata ol manĝi ion, pri kio li ne estis certa, ke ĝi manĝeblas. Kaj iam li eĉ iris al la gepatroj por demandi pri tiu aŭ alia planto. Tiam li tre hontis. Li sciis, ke jam delonge li devis tion scii. Sed ankaŭ tio estis pli bona ol perei.

Nun li ege bedaŭris, ke li ne aŭskultis ĝustatempe kaj ke li fanfaronis. Sed estis malfrue. Tial li decidis ke, se li havos proprajn musidojn, li klopodos, ke ĉiuj tre atente aŭskultu. Ili devas ĉion lerni dum ili ankoraŭ estas junaj, kaj ne grandaj kiel li.

고슴도치 피케투

아주 늠름하고 교육을 제대로 받은 아이 고슴도치 **피케추**가 있었단다.

식탁에 앉으면 그는 식탁에 언제나 침착하게 기다리ㄱ 있었단다

그는 의자에 올라가 구르는 적은 한 번도 없었단다. 손가락으로 코를 후벼 코딱지를 떼는 일도 한 번도 없었단다.

그는 식탁에 놓인 국을 소리 내어 먹은 적도 없었으며, 국물을 식탁에 흘리지도 않았단다.

어렸을 때도 그는 놀이터에서 노는 다른 어린 고슴도치와 어울려 놀지도 않았단다.

이유는 자신의 옷을 더럽히며 놀고 싶지 않아서였단다. 놀이터에서 놀던 어린 고슴도치들은 너무 떠들고 너무 요란스럽게 뛰놀았단다.

그렇다고 그가 같은 또래의 다른 고슴도치들을 싫어한 것도 아니다.

피케추는 그들을 마음으로는 좋아하였다. 그는 엄마 손을 꼭 쥔 채, 그들이 노는 곳에서 좀 떨어진 곳에서 그들이 노는 것을 바라보는 것을 더 좋아했다. 나중에 피케추는 고슴도치 유치원에 들어갔다.

고슴도치 엄마들은, 만일 자신에게 무슨 중요한 일이 생겨 자기 아이들을 데리고 다닐 수 없으면, 자신의 귀여운 아이들을 이 유치원에 맡긴다.

고슴도치 유치원에는 피케추 외에도 숲에서 온 충분

히 많은 수효의 어린 고슴도치가 있었다.

피케추는 언제나 옷을 잘 차려입고 온다. 그래서 그는 옷이 더럽혀질까 봐, -하느님이여 이렇게 되는 것을 허락히시지 미시길! -혹은 그 옷이 찢겨 질끼 걱정이 되어 다른 이들과 함께 어울릴 용기를 내지 못했다.

반면에 다른 아이들은 정말 즐거운 놀이를 만들어 재미있게 뛰놀며 즐겁게 지내고 있었다. 유치원 아이들이 즐거 하는 놀이란 이런 것이다.

예를 들면, 그들이 엄마 아빠에게 보낼 인사장을 만든다고 할 때, 물감으로 그린다면, 누가 자기 옷에 물감을 가장 잘 묻힐까?

아니면, 나무에 걸어 놓은 공 **뺏기** 놀이하면서 누구 바지가 가장 많은 상처를 입었는가?

아니면, 아이들이 흙탕물에서 뛰놀 때나, 남자아이들이 여자아이들에게 물을 튕기는 놀이를 할 때, 어느 아이가 가장 정확하게 물을 튕기는가?

피케추가 여자아이에게 물 튕기는 걸 진짜 싫지는 않다. 특히 피케추는 자신이 가장 소중하다며, 자신이 세상에서 가장 예쁘다고 생각하는 맹-하면서도 자기 잘났다고 하는 **가실이** 같은 암고슴도치에게는 물을 한 번 튕겨주고도 싶다.

그러나 만일 가실이에게 물을 튕긴다면, 그도 물세례 받을 것이고, 그러면 나중에 엄마에게서 무슨 말씀 들을지 그런 걱정을 먼저 하였다.

그 때문에 우리 주인공인 어린 고슴도치는 주로 혼자 놀았다.

그가 가장 즐겁게 하는 놀이는 작은 블록 쌓기였다. 그러나 피케추는 혼자 놀이하는 것이 싫었다.

그는 이 세상에서 무엇보다도 친구를 가장 먼저 사귀고 싶다.

그런데 그는 그런 친구를 아무래도 찾을 수 없다. 다른 어린 고슴도치들이 그를 사랑하지 않는다고 말할 수 없지만, 그는 그들에겐 별로 관심이 없다.

아이들은 이렇게 말할 뿐이다. "그 애는 너무나 조용히 블록쌓기에 관심이 있지, 다른 놀이는 안 한대요."라고 한다.

그래서 피케추는 외톨이가 되었지만, 우울한 자신의 모습을 다른 이에게는 보이진 않았다. 나중에 그는 고슴도치 초등학교에 들어갔다.

그의 담임 선생님은 나이 많은 **에리나라** 여사였다. 선생님은 매우 엄하셨다. 선생님은 무질서와 불복종을 절대 허용하지 않으셨다. 그 때문에 선생님은 피케추 학생을 아주 좋아하였다. 선생님은 그를 학우 중에서 제일 착하다며, 다른 학우들에게 피케추를 본 받으라고 했다.

그러자 우리 주인공 고슴도치는 다른 학생들도 그를 좋아해 줄걸로 생각했지만, 그 생각은 틀렸다.

선생님이 그를 칭찬하면 할수록, 그는 더욱 외톨이가 되어 갔다.

피케추는 정말 마음씨 고운 고슴도치였다. 그는 항상 다른 학생들을 돕고, 규칙을 잘 지키면서 배우며 익혔다.

그는 다른 누구도 해코지하지 않았고, 다른 누구를 나쁘게 말하지도 않았다. 하지만 다른 학생들은 그와 놀며 지내는 것을 싫어했다.

그때야 그는 이런 결론을 내렸다. 즉, 그들이 그를 싫어하는 것은 그가 착하게 행동하기 때문이라고 생각했다. 그래서 앞으로 만일 착하게 행동하지 않으면, 모두가 그를 좋아할 것이라고 생각했다.

그렇게 나름대로 생각을 바꾼 뒤로, 학교에서 내주는 숙제도 해 가지 않고, 배움도 게을리하며, 옷도 제멋대로 입고 다녔다.

더구나 선생님 질문에도 대충 대답해 버렸다.

그러자 학교의 담임 선생님과 그의 부모는 큰 걱정이 되었다. 그분들이 조언도 많이 하고, 설득도 해 보았지만, 그에겐 아무 도움이 되지 않았다.

피케추는 다른 고슴도치들의 관심을 끄는 데는 정말 성공했다. 또 새 친구들도 사귀게 되었다.

그러나 그 친구들이 어떤 친구들인가! 학업을 제대로 따라가지 못해 유급까지 해서는 그 학년에만 계속 머문 채, 늘 문제나 일으켜 아무도 좋아하지 않고 또 방정하지 못한 학생 셋이 그 친구들이다.

그 어린 고슴도치 셋은 그와 친구가 되었다.

피케추는 처음에는 아주 행복했으나, 시간이 좀 지나자 그는 더욱 불행하구나 하며 느꼈다. 그는 지금 이 순간이 자신이 혼자 지내던 때보다 더 우울하구나 하고 느꼈다.

그러자 그때 그는 결심을 고쳐먹었다.

즉, 앞으로는 지난날의 본래 모습대로 생활하기로 했다.

다른 어린 고슴도치들이 그를 받아주거나 말거나 상관하지 않았다.

다시 숙제도 잘하고, 열심히 배우고 익혔고, 옷도 잘 차려입고 행동 또한 모범이 되도록 했다.

그는 때로는 놀이하면서 간혹 옷을 더럽히기도 했다. 그런데 커다란 변화가 생긴 것이 아닌가!

그가 다른 아이들이 하는 놀이에도 참여하고, 이제 더는 방관자처럼 옆에만 있지 않자, 다른 어린 고슴도치들이 그에게 관심을 가졌다.

얼마 지나지 않아 그는 -물론 이번에는-착한 학생 둘과 친구가 되었다.

그들 셋은 이제 단짝이 되었다.

그들은 뭐든 함께 하며 생활했다. 그들 셋이 가장 좋아하게 된 놀이는 탐험가 놀이였다. 이는 오래된 그루터기를 두고 옆에서 기어오르기 놀이였다. 그들은 자신들이 사방에서 자신들을 향해 달려올, 위험한 들짐승들로 에워싸였다고 상상하며, 그런 무서운 정글 속에서 놀고 있다고 상상하며 놀았다.

그들이 둘째로 좋아한 놀이는 궁금함이 많은 암고슴도치들을 향해, 특히 가실이에게 물을 튕기는 놀이였다. 그러면 가실이는 고래고래 소리를 지른다.

그 소리는 숲 전체가 다 들을 정도였다.

그녀가 소리를 고래 지르면 지를수록, 그들은 더욱 만족하였다.

그가 모든 놀이를 끝내고 집으로 돌아오면, 엄마는 피케추를 머리부터 발뒤꿈치까지 씻겨 주었지만, 엄마는 아들을 꾸짖지 않는다.

다만, 간혹-몇 번만- 엄미는 더는 기실이를 괴롭히지 말라고 했다.

오늘날 피케추는 덩치 큰 아빠가 되었단다.

그는 여전히 어릴 때 함께 지내던 두 친구와 잘 지내고 있단다. 그리고 그는 결혼하였는데......누구와 결혼했는지......궁금하면 알아 맞혀보세요! -가실이와요!

피케추와 결혼하고 이제 엄마가 된 가실이는 세 마리의 어린 고슴도치를 낳았단다.

그들의 귀여운 아이들은 아주 예의바르고 착하단다. 간혹 아이들이 놀이에 정신 팔려 옷을 더럽히는 바람에 아빠인 피케추가 보아도 이 자식들이 누가 누군지 알아보지 못하는 경우를 제외하고는.

PIKETUĈJO ERINACO

Piketuĉjo estis tre deca kaj bone edukita knabo erinaco.

Ĉe la manĝotablo li ĉiam sidis trankvile. Li neniam sin lulis sur seĝo kaj neniam fingre purigis la nazon. Neniam li laŭte manĝis supon aŭ verŝis ĝin sur la tablon. Dum li estis tre eta, li eĉ ne volis ludi kun aliaj erinacetoj sur ludejo por ne malpurigi sin. Krom tio, ili estis tro maltrankvilaj kaj bruaj.

Ne estas vero, ke li ne ŝatis aliajn erinacetojn. Ili tre plaĉis al li, sed prefere li starus ekster ilia rondo kaj rigardus ilin, tenante sian panjon je mano.

Poste Piketuĉjo iris al la infanĝardeno por erinacoj. Tie panjoj erinacinoj lasis siajn etulojn, se estis iaj gravaj laboroj, kie la etuloj ne povis ĉeesti. Krom Piketuĉjo tie estis sufiĉe multaj aliaj erinacetoj el lia arbaro. Li ĉiam venis vestita en la plej bela vestaĵo, kaj ne kuraĝis ludi por ke ĝi ne malpuriĝu aŭ — Dio ne permesu! — disŝiriĝu. Kaj aliaj infanoj ludis tiel belajn ludojn.

Ekzemple, kiu plej bone ŝmiros la farbon sur sia vestaĵo dum oni desegnas salutkartojn al panjoj kaj paĉjoj. Aŭ, kiu plej multe difektos la pantalonon deprenante la pilkon de sur arbo. Aŭ, kiu plej trafe ŝprucigos akvon sur knabinojn dum oni saltas en flakoj.

Ne estas vero, ke Piketuĉjo malŝatus ŝprucumi iun knabinon. Precipe se temas pri tiu stulta kaj fia Akrulino, kiu sin opinias tiom grava kaj kiu pensas, ke ŝi estas la plej bela en la tuta mondo. Sed se li ŝprucumos ŝin, ankaŭ li estos malseka, kaj kion poste diros panjo?

Pro tio nia erinaceto ludis ĉefe sola. Plej volonte li konstruis figurojn el bloketoj. Sed Piketuĉjo ne ŝatis ludi sola. Li fakte el ĉiuj aferoj en la mondo plej volonte deziris havi amikon, sed tiun li neniel povis trovi. Oni ne povus diri, ke aliaj erinacetoj lin ne amis, sed simple li ne estis al ili interesa. Ili nur diradis: "Li estas tre trankvila, nur figurojn li kunmetadas kaj nenion alian li volas ludi." Piketuĉjo pro tio estis tre sola kaj malgaja, sed li tion montris al neniu.

Poste Piketuĉjo frekventis lernejon por etaj erinacoj. La instruistino estis la maljuna sinjorino Erinana. Ŝi estis tre severa instruistino. Neniam ŝi toleris malordon kaj

- 118 -

malobeemon. Tial ŝi tre ŝatis Piketuĉjon kaj ofte diris antaŭ la klaso, ke li estas bona, kaj ke ĉiuj devus esti kiel li. Nia erinaco pensis, ke nun ankaŭ la lernantoj lin ŝatos, sed li eraris. Ju pli la instruistino lin laŭdis, des pli sola li estis.

Piketuĉjo estis vere bonkora erinaco. Li ĉiam helpis al ĉiuj, regule li lernis kaj skribis hejmtaskojn. Li nek faris ion malbonan al iu, nek diris ion malbelan al iu, sed tamen la aliaj erinacoj lin ne akceptis. Kaj tiam li konkludis, ke ili lin ne ŝatas ĉar li estas bona knabo. Kaj ke certe ili ŝatos lin se li fariĝos malbona.

Li ĉesis skribi hejmtaskojn kaj lerni, komencis sin malorde vesti kaj malafable respondadi. Sinjorino Erinana kaj liaj gepatroj estis en grandaj zorgoj. Multe ili admonis lin, parolis kaj klarigis, sed nenio helpis.

Piketuĉjo vere sukcesis altiri la atenton de aliaj erinacetoj. Kaj amikojn li ricevis. Sed kiajn! La plej malbonajn tri erinacetojn, kiuj jam ripetas la studjaron, kiuj ĉiam kaŭzis problemojn kaj kiujn neniu ŝatis. Piketuĉjo komence estis tre feliĉa, sed post ioma tempo li fariĝis ĉiam pli malfeliĉa. Li komprenis, ke nun li estas pli malĝoja ol kiam li estis sola.

Kaj tiam li decidis. Li estos tia, kia li estas, egale ĉu aliaj erinacetoj lin akceptas aŭ ne. Denove li komencis skribi hejmtaskojn kaj lerni, bele sin vesti kaj konduti. Nur dc tcmpo al tempo li toleris al si malpuriĝon dum ludo.

Kaj okazis miraklo! Tuj kiam li komencis ludi kaj ne plu stari flanke, li fariĝis interesa al aliaj erinacetoj. Post nelonga tempo li amikiĝis kun du el ili, kiuj, cetere, estis bonaj lernantoj. Ili tri fariĝis nedisigeblaj, ĉion ili faris kune.

Plej multe ili ŝatis ludi esploristojn kaj rampi apud la malnova stumpo. Ili imagis, ke ili estas en timiga ĝangalo plenplena de danĝeraj bestoj, kiuj pretas salti sur ilin en ĉiu loko. La dua plej ŝatata ludo estis ŝprucumi scivolemajn erinacinojn, precipe Akrulinon. Ŝi tiam kriĉis tiom laŭte, ke ĝis la rando de la arbaro ŝi aŭdeblis. Kaj ju pli ŝi kriĉis, la erinacetoj estis des pli kontentaj. Post ĉiu ludo panjo banis Piketuĉjon de kapo ĝis kalkano, sed ŝi ne koleris. Nur kelkfoje ŝi diris ke li malpli tedu Akrulinon.

Hodiaŭ Piketuĉjo estas granda paĉjo. Li ankoraŭ havas la du amikojn el sia infanaĝo. Kaj li edziĝis kun⋯ — divenu! — Akrulino! Li kaj panjo Akrulino havas tri erinacetojn. Iliaj etuloj estas tre decaj kaj bonaj, nur foje ili tiom malpuriĝas ke Piketuĉjo ne scias, kiu estas kiu.

암원숭이 네아

　우리가 사는 세상에 아직도 아주 먼 옛날의 모습을 그대로 간직하고 있는 원시림이 있단다.

　그 원시림 한 가운데인 먼 곳에 원숭이 가족이 살고 있었단다.

　가족 구성원은 셋이란다.

　아빠, 엄마, 어린 딸 원숭이.

　어린 딸 원숭이 이름은 **네아**란다.

　네아 가족은 큰 무리에 속해 살고 있었단다.

　원숭이는 보통 높은 나무에 보금자리를 만들어 잠잔단다. 어느 날 아침, 엄마 아빠는 아직 주무시고 계시지만, 어린 원숭이 네아는 아주 일찍 깼단다.

　일찍 일어나 시간을 보내다 보니 네아는 지루했단다. 그렇다고 엄마 아빠를 깨울 수 없었단다. 그래서 네아는 집 근처에 무슨 일이 일어났는지 알아보기로 했단다.

　네아는 인근 나뭇가지에서 일찍 일어나 놀고 있는 다른 두 마리의 어린 원숭이를 만나게 되었다. 네아는 매우 기쁜 표정으로 그 두 원숭이에게 뛰어 다가갔다. 이제 그 셋은 함께 몸 뒤집기 놀이도 하고 간질이기 놀이도 하고 서로 살짝 물기 놀이도 하였다.

　하지만 그들은 주변의 잠자는 다른 원숭이들에게 방해되지 않도록 조심조심 해가며 소리를 낮춘 채 놀고 있었다. 그들은 나중에 다른 놀이를 생각해 냈다. 그들은 서로 뛰어넘기 놀이를 했다.

아주 재미에 빠지게 하는 그 놀이에 그들은 웃음이 절로 나왔지만, 즐거운 소리를 내지 않으려고 무진 애를 써야 했다.

그러나 곧 이 놀이도 지루하였다.

그래서 그들은 나뭇가지 위에서 술래잡기 놀이를 하였다. 자주 그들은 마치 곡예사가 하듯이 그렇게 뛰어 보기도 하였다. 만일 그렇게 뛰어다니는 모습을 여러분이 보았다면, 여러분은 숨을 멈출 정도다.

그리고 그들은 이런 뛰기 동작을 아무 노력 없이 간단히 해냈다.

그렇게 열심히 놀다 보니, 그들은 자신들이 허락받은 곳에서 점점 멀어져만 갔다.

어린 원숭이들은 놀이에 빠져 버려 자신들의 어버이가 아직 주무신다는 것을 그만 잊고 있었다.

안타깝게도 바로 그 순간, 근처 나무에 몰래 숨어 있던 표범이 그런 기회가 오기만을 노리고 있었다.

표범은 어린 원숭이들을 향해 달려들었다. 그들 중하나가 표범에게 물렸다. 그다음엔 표범은 긴 발톱으로 네아의 두 뒷다리를 할퀴었다. 이제 네아가 표범의 목표물이 된 것이다.

네아도 정말 위급한 처지가 되었다. 그런 소동이 벌어진 바로 그때, 원숭이 무리가 잠에서 깨어났다. 표범이 그 소리에 깜짝 놀라는 바람에 네아를 물어 가지는 못했다.

표범은 자신의 큰 입으로 네아의 친구를 덥석 물고는 달아났다. 네아는 달려든 표범으로부터 상처를 입고 나뭇가지 위에 쓰러져 있었다.

　다행스럽게도 원숭이 무리가 네아를 찾아내 그녀의 주변에 모여 들었다.

　표범이 할퀸 상처는 아주 심하였다. 어린 원숭이 네아는 심한 상처를 입었지만, 다행하게도 생명은 건질 수 있었다. 그러나 앞으로 계속 뛰어오를 수 있을지는 의문이었다. 원숭이 무리의 지도자는 그런 네아를 보고는 이젠 저 아이를 버려야 한다며, 네아에겐 가망 없다고 말했다. 그러나 아빠는 지도자의 의견에 동의하지 않았다. 그는 자신이 평생 이 딸을 돌보겠다고 했으며 결코 딸을 혼자 내버려두는 일은 없을 것이라고 했다. 아빠 의견을 들은 지도자는 처음에는 크게 화를 냈지만, 나중에는 조건을 달아 동의해 주었다. 만일 몇 달이 지나도 네아가 회복되지 못하면, 네아를 무리에서 내쫓겠다는 조건. 표범에게서 받은 상처가 아물 때까지 네아는 정말 힘들게 지내야 했다. 아빠 엄마는 항상 딸의 상처를 돌보며, 그 상처를 아물게 할 나뭇잎들을 따왔다. 또 아빠 엄마는 손바닥으로 물을 받아와 딸이 물을 마실 수 있도록 했다. 그렇게 삼일이 지나자, 딸은 회복되기 시작했다. 이제 먹는 것도 조금은 할 수 있었고 기분도 좀 나아졌다. 그러나 다친 두 발은 전혀 움직일 수가 없었다. 아빠는 딸이 혼자 지내지 않도록 이곳저곳으로 데려가 주었다. 그러나 아빠로서는 딸이 나중에 어떻게 될지 걱정이 많다. '만일 저 딸이 걸을 수 없으면, 이 사회에선 딸을 버린 채 떠날 것이다.'

네아가 비록 어려도 무슨 일이 있었는지 알고 있었다. 그녀는 아무리 힘들어도 걸어 볼 결심을 했다. 부모가 극진하게 보살핀 덕분에 네아는 자신의 두 발을 조금은 움직일 수가 있었다. 발을 움직일 때마다 아팠지만 포기하지 않았다. 네아는 걷기 연습을 하다가 피로해지면 앉아 쉬었다. 그러나 아픔이 가시면 다시 일어났다. 그렇게 하루하루가 지나갔다.

네아가 아무리 노력해도 처음 며칠은 그 노력이 아무 결실을 맺지 못할 것처럼 보였다.

많은 원숭이가 말하기를, 네아가 그렇게 애쓰면 애쓸수록 네아에게 고통만 더해질 뿐, 가망이 없다고 했다. 그러나 네아는 그들의 말을 믿지 않았다. 네아는 인내심을 갖고 노력하면서 재활의 희망을 한번도 포기하지 않았다.

십오일이 지나자, 그녀에게 그동안 이뤄놓은 첫 변화를 보이기 시작했다. 이제 네아는 누구 도움 없이도 혼자서 몇 걸음을 걸어갈 수 있었다. 부모는 딸의 이런 변화 때문에 행복했다.

그러나 지도자는 그 정도 변화로는 안 된다고 했고 만일 네아가 곧 완전히 회복되지 않으면, 네아를 내버려야 한다고 했다. 그래서 네아 부모와 지도자 간에 의논이 있었다. 의논 결과는 만일 한 달 뒤에도 네아가 무리 전체가 보는 앞에서 혼자 걷지 못하면 그땐 어쩔 수 없다고 했다. 대다수 원숭이들은 그녀가 성공하지 못할 것이라고 했다. 이제 네아는 밤에도 연습하기 시작했다. 모두가 잠자고 있을 때, 그녀는 자리에서 일어나 뛰기를 시도해 보았다. 두 손엔 힘이 세게 느껴졌으나, 두 다리에는 아직 힘이 없었다. 그녀의 움직임은 너무 서툴고 불확실했다.

처음의 시도들에서 네아는 자신이 목표로 한 나뭇가지를 놓치기 일쑤였고 그러니 땅으로 풀썩 떨어져 버렸다. 그때마다 그녀는 아주 재빨리 일어나 다시 시도했다······

약속한 한 달이 되었다.

이제 원숭이 무리 전체가 모여 네아가 할 수 있는지 없는지 지켜보았다. 네아는 겁이 조금 났지만 중단하지 않고 또 흔들림 없이 목표 지점까지 걸어가리라고 마음을 다잡았다. 부모도 아주 걱정했다. 네아는 한 걸음 한 걸음 내디딜수록 자신이 생기고, 걸음걸이에 자신이 생겼다. 그렇게 하여 목표 지점에 다다르자, 그 모인 원숭이 무리는 "잘-했-어-요!"라고 외쳤다. 그녀가 해냈다. 얼마나 행복한 순간인가!

그렇지만 지도자는 아직 만족하지 못했다. 그래서 지도자는 네아가 한 달 뒤에는 이 나무에서 저 나무까지 뛰어오를 수 있어야 한다고 명령했다. 네아는 연습하고 또 연습을 계속했다. 그럼에도 대체로 원숭이 무리는 이번에도 네아는 할 수 있을 것으로 생각했다.

한 달 뒤, 그 무리는 다시 모였다. 그 모습이 마치 축구 시합과도 비슷하였다. 모두 흥미진진해 있었다. 모임의 절반은 네아가 성공할 것으로 보았고, 절반은 실패할 것이라고 했다. 어떤 어린 원숭이 둘은 자신들 주장을 놓고 서로 말로 다투다가 나중에는 몸으로 싸우기조차 했다. 또 다른 아줌마 원숭이들은 아주 심하게 다투기도 하였다. 바로 그때 네아는 이 나무에서 저 나무로 뛰어오르기를 시작했다.

모두 숨죽였다. 네아의 몸은 그 뛰어 오르기에 최상의 상태는 아니었다. 과연 네아는 성공할까? 네아는 목표로 했던 나무에 다다르기는 하였으나, 그 나무에서 그만 미끄러졌다. 그런데 다행히도 마지막 순간에 네아는 그 나무의 한 가지를 붙잡고는, 미끄러지는 것은 피할 수 있었다.

네아는 성공했다!

정말 찬란한 성공은 아니지만, 그녀가 이 나무에서 저 나무로 성공적으로 뛰어올랐다는 점은 중요하다. 그 무리는 네아의 그런 장면을 보면서 아주 큰 소란을 피우는 바람에 숲의 저 편에 있던 날짐승들이 겁먹을 정도였다.

네아는 뛰어오르기에서 오늘의 영웅이 된 것이었다. 모두가 네아에 대한 칭찬 이야기만 하고 있었다.

그제서야 무리의 지도자는 네아를 더이상 내쫓는다는 이야기를 꺼내지 않았다. 그러자 네아가 무리 중에서 가장 유약한 원숭이이지만, 부모 마음은 한결 가벼워졌다.

그러나 네아 자신은 이에 만족하지 않았다. 네아는 다른 원숭이들처럼 능숙하게 잘 하고 싶었다. 네아는 끈기있게 연습을 이어 갔다. 그녀는 다른 어린 원숭이들이 하는 만큼의 모든 곡예를 해내는데 점차로 성공했다. 그녀는 이제 한번 뛰어 오르면 3미터를 갈 수 있고, 이 가지에서 저 가지로 건너뛰기도 할 줄 알고, 다리 하나와 꼬리만으로도 나뭇가지에 매달려 있을 줄도 알았다.

이번에 네아는 꼭 그리하지 않아도 되지만, 같은 또래의 다른 어린 원숭이들과 경주하는 것에도 동의했다. 어린 원숭이들이 이 나무에서 저 나무로 뛰어오르기 경주를 벌일 것이다. 그 경주 규칙은 우선 목표 지점에 가장 먼저 도착해야 하고, 도중에 땅에 떨어지면 안 되는 것이다.

이 경주에 일곱 마리의 원숭이가 참가한다.

모두 아주 흥분되었다.

네아는 더욱 더. 네아는 자신의 건강이 완전히 회복되었음을 그들에게 보여주고 싶었다. 뛰어오르기 경주가 시작되었다. 모두 온 힘을 다해 달려갔다. 원숭이 무리는 경주에 참가한 이들을 격려해 주었다. 원시림 전체는 원숭이들이 내지르는 고함소리로 떠들썩했다. 네아는 이 경주에서 5등을 했다.

그러나 네아에겐 1등한 것처럼 느껴졌다.

그녀는 입증했다. 그녀가 그들 무리에서 가장 느리고 서툰 원숭이가 아님을 보여주었다. 이제 네아는 누구보다도 행복했다. 그녀는 다른 어린 원숭이들과 함께 즐겁게, 유쾌하게 지내며 마치 전혀 아파 본 적이 없는 것처럼 놀았다.

다시 네아는 원숭이 무리 속에서 완전한 권리를 갖춘 구성원이 되었다.

네아가 완전히 자랐을 때, 놀라운 일이 일어났다.

그 나이 많은 지도자가 병이 나서 이제 힘이 다 빠져 버렸다.

이제 원숭이 무리는 새 지도자를 뽑아야 했다. 원숭이 무리는 한 목소리로 네아를 새 지도자로 뽑았다. 그래서 원시림 속의 그 원숭이 무리가 최초로 암컷 지도자를 가지게 되었다. 그러나 그럴 충분한 이유가 있었다.

NEA SIMIINO

Fore en la mezo de la praarbaro vivis familio simia — paĉjo, panjo kaj eta, tre eta simiino. Ŝia nomo estis Nea. Ili estis membroj de granda simia roto. Simioj kutimas fari nestojn alte sur arboj por tie pasigi la nokton. Iun matenon Nea vekiĝis tre frue, dum ŝiaj gepatroj ankoraŭ dormis. Estis tre enue, sed ŝi sciis, ke la gepatrojn ŝi ne rajtas veki. Tial ŝi komencis esplori per rigardo, kio okazas en la proksimo.

Ŝi vidis du simietojn, kiuj ankaŭ ne dormis, sed ludis sur najbara branĉo. Ĝojplena, ŝi forsaltis al ili. Nun ĉiuj tri sin renversis aŭ jukis kaj mordetis sin reciproke. Sed ĉiam kun klopodo esti mallaŭtaj, por ne veki simiojn kiuj dormas. Poste ili rememoris alian ludon. Ili saltadis unu trans la alian. La ludo estis ege amuza kaj ridinda, kaj ili devis forte peni por ne krii pro feliĉo. Kiam ankaŭ tio iĝis teda, ili komencis kaptoludon sur branĉoj. Ofte ili saltadis kun tiaj bravuraĵoj, kiaj haltigus al vi la spiron. Kaj ĉion ĉi ili faris sen ajna peno kaj hezito.

Ludante tiel, ili foriris iom pli malproksime ol estas permesite. La gepatroj dormis, kaj la simietoj tion, pro luda entuziasmo, simple ne rimarkis. Bedaŭrinde, ĝuste tiun okazon atendis iu jaguaro, kiu kaŝe staris sur najbara arbo. Ĝi saltis inter ilin. Unu simieton li kaptis per dentoj, kaj Nean ĝi forte gratis je gamboj per siaj ungegoj. Ankaŭ ŝin ĝi volis kapti, sed la simia roto vekiĝis, kaj la jaguaro en paniko ŝin maltrafis.

La jaguaro forkuris kun ŝia amiko en la buŝego, kaj Nea restis forte vundita kuŝanta sur la branĉo. La tuta roto kolektiĝis ĉirkaŭ ŝi. La vundoj estis tre aĉaj. Eble ŝi postvivos, sed ne estas certe, ke iam plu ŝi povos salti. La gvidanto de la roto diris, ke ili ŝin lasu, ĉiukaze por ŝi restas nenia espero. Sed la paĉjo de Nea tion ne obeis. Li diris, ke dum la tuta vivo li ŝin portos, se necese, sed lasi ŝin li ne akceptas. La gvidanto tre koleris pro tio, sed fine li konsentis. Tamen, se post kelkaj monatoj ŝi ne resaniĝos, li forpelos ŝin el la roto.

Nea fartis tre malbone. Paĉjo kaj panjo konstante metis sanigajn foliojn sur la vundojn, kaj portis akvon en manplatoj, por ke ŝi iomete trinku. Post tri tagoj ŝi komencis resaniĝi. Iomete ŝi jam manĝis, kaj pli gaja ŝi fariĝis.

Nur la piedetojn ŝi preskaŭ tute ne povis movi. La paĉjo ŝin portis ĉien, por ke ŝi ne restu nur en unu loko. Sed multe li timis pri tio, kio okazos al ŝi poste. Se ŝi ne povos marŝi, la roto ŝin simple lasos kaj foriros.

Kvankam eta, Nea bone sciis, kio okazas. Ŝi decidis ekmarŝi, kiom ajn tio kostos. Kun gepatra helpo ŝi jam sukcesis iomete movi la piedetojn. Ĉiu movo ŝin doloris, sed ŝi ne rezignis. Kiam ŝi laciĝis, ŝi iom eksidis. Sed tuj kiam la doloro pasis, denove ŝi provis. Kaj tiel tagon post tago.

En la unuaj tagoj ĉio ŝajnis vana. Multaj simioj diris, ke ŝi nur suferigas sin, kaj la espero ne ekzistas. Sed Nea ne kredis al ili. Ŝi nur obstine klopodis kaj neniam kapitulacis. Post du semajnoj vidiĝis jam la unuaj pliboniĝoj. Ŝi povis fari kelkajn paŝojn sen ies helpo. La gepatroj estis feliĉaj, sed la gvidanto diris, ke tio estas nenio, kaj se Nea baldaŭ ne resaniĝos plene, li forpelos ŝin. Ili interkonsentis, ke post unu monato Nea marŝos mem antaŭ la tuta roto. La plimulto de la simioj pensis, ke ŝi ne sukcesos.

Nea komencis ekzerci ankaŭ nokte. Dum ĉiuj dormis, ŝi mallaŭte vekiĝis kaj saltadis. La manoj estis tre fortaj, sed la gamboj estis sen forto. La movoj estis tre malfortaj kaj necertaj. Ofte ŝi maltrafis celitan branĉon kaj falis teren. Tiam ŝi ekstaris plej eble rapide kaj provadis denove⋯

La monato pasis. La tuta roto kunvenis por vidi ĉu Nea sukcesos. Nea estis iom timema, sed firma en la decido, ke ŝi tramarŝu la diritan vojon sen haltoj kaj ŝanceloj. La gepatroj estis zorgoplenaj. Sed kun ĉiu paŝo kreskis ŝia memfido kaj ŝi marŝis ĉiam pli bone. Huraaa! Ŝi sukcesis. Kia feliĉo!

Sed la gvidanto ankoraŭ ne estis kontenta. Li diris, ke post alia monato ŝi devas kapabli salti de arbo al arbo. Nea daŭrigis la ekzercadon. La roto ĉiam pli kredis je ŝi.

Post unu monato denove kunvenis la tuta roto. Ĉio similis al futbala konkuro. Ĉiuj estis ekscititaj. Duono el ili kredis, ke Nea sukcesos, duono ke ne. Du simietoj eĉ tiom disputis pri la afero, ke ili interbatiĝis. Du simiinoj fortege kverelis.

Kaj tiam Nea eksaltis. Ĉiuj ĉesis spiri. La salto estis ne plej bona. Ĉu tamen ŝi sukcesos? Ŝi atingis la najbaran arbon, sed tie ŝi deglitis. Feliĉe, en la lasta momento ŝi kaptis iun brancon kaj ne falis.

Ŝi sukcesis! Vere ne tro brile, sed gravas, ke ŝi transsaltis. La roto tiom bruis pro entuziasmo, ke ĝi fortimigis ĉiujn birdojn en tiu parto de la arbaro. Nea estis heroo de la tago. Ĉiuj nur pri ŝia salto rakontis.

La gvidanto ne plu parolis pri la forpelo. Ŝi ja ankoraŭ estis la plej mallerta en la roto, sed la gepatroj sentis faciliĝon. Nur ŝi ne estis kontenta. Ŝi volis esti lerta kiel ĉiuj aliaj kaj obstine ekzercis plu. Iom post iom ŝi sukcesis fari ĉiun lertaĵon, kiun faris aliaj simietoj. Ŝi povis salti tri metrojn post kuro, kaj transiri de branĉo al branĉo aŭ nur pendi per unu piedo kaj vosto.

Ĉi-foje ŝi mem, kvankam ŝi ne devis, interkonsentis pri konkurso kun aliaj simietoj. Ili konkursos pri saltado de arbo al arbo. Oni devos veni al la celo kiom eble plej frue kaj dum tio neniam fali. Partoprenos sep simietoj. Ĉiuj estis ege ekscititaj, kaj Nea plej multe. Ŝi volis al ĉiuj pruvi, ke ŝi plene resaniĝis.

Komenciĝis la konkurso. Ĉiuj tutforte klopodis. La simia publiko ilin instigis. La tuta praarbaro tremis pro ekscititaj simiaj krioj. Nea estis la kvina. Sed por ŝi tio estis kvazaŭ ŝi estus la unua. Ŝi pruvis, ke ne plu la plej malrapida kaj mallerta ŝi estas.

Neniu estis pli feliĉa ol ŝi. Ŝi komencis ludi gaje kaj senzorge kun aliaj simietoj, kvazaŭ neniam estinta malsana. Denove ŝi estis plenrajta membro de la roto.

Kiam Nea plene kreskis, okazis miraklo. La maljuna gvidanto estis senforta pro maljuneco kaj malsano. Oni devis elekti la novan. La tuta roto unuvoĉe elektis Nean. Tiel ili fariĝis la sola roto en la tuta arbaro, kies gvidanto estis ino. Sed tio ne estis senkiala.

정리할 줄 모르는 미쿄

미쿄라는 이름의 새끼 고양이가 있었단다. 페르시안 고양이란다. 밝은 회색의 긴 털을 가지고 있단다. 아름답고 사랑스런 고양이란다. 그 때문에 모두 그를 사랑했단다. 그러나 그에게는 나쁜 습관이 하나 있었단다. 뭐든 너무 너무 흩어놓기 것이다. 게다가 그는 씻기도 정말 싫어했단다. 그러니 당연히 언제나 더러워 보였단다. 보통 고양이들로서는 믿기지 않는 일이었단다. 왜냐하면 고양이란 아주 깔끔하게 생활하고 정돈도 잘하는 동물이란다. 그런 미쿄를 둔 엄마 고양이는 절망에 빠져 있었다. 페르시안 순종 고양이인 엄마로서는 나라 안에서 또 나라 밖에서 열린 고양이 전람회에서 자주 상을 받아 왔다. 엄마는 정리 정돈을 아주 잘하고 몸을 단정하게 해, 빛이 날 정도였다. 모두가 엄마의 아름다운 모습에 감탄했다. 엄마는 미쿄를 언제나 깨끗하게 해 주고, 씻겨도 주었다.

그러나 그 순간이 지나면 엄마에게 예쁘고 청결하게 보이던 미쿄는 진흙을 향해 곧장 달려가 흙탕물에 몸을 뒹굴어 버린다. 미쿄가 모래 위에서 더 열심히 자신의 몸을 뒹굴고 뒹군다.

그런 소동을 버린 뒤면 그 모래에는 미쿄의 무성하고 긴 털이 일곱 날이 지나도 여전히 박혀 있는 것을 보게 된다. 더 황당한 것은 그렇게 지저분한 그에게 벼룩이 많이 생긴 것이다. 그때서야 그도 머리부터 발

- 79 -

까지 물로 씻어야 하고 몸의 먼지도 털어내야 했다. 그래도 한 시간만 지나면 그는 마치 목욕한 지 여러 달이 지난 것 같은 모습이 되어 버린다. 도로의 다른 어린 고양이들이 저렇게 깨끗하게 지낸다며, 정돈을 한 채 다닌다며 엄마가 미쵸에게 그들의 모습을 보여 주며 훈계해도 소용없다. 그러니 그가 다른 집을 방문하면, 그곳 안주인들은 자기 집을 미쵸 때문에 더럽혀 졌다고 미쵸에게 화내기도 하였다.

그럼에도 그는 그 집 안주인 품속으로 뛰어드는 것을 예사로 했다. 만일 그 안주인이 앞치마라도 입고 있을 때엔 그렇게 나쁘진 않았다.

그러나 안주인이 우아한 복장을 하고 있을 때, 미쵸가 그 안주인 품에 뛰어들면, 미쵸는 맞기도 엄청 맞았다. 그러나 그때조차도 더 깨끗한 채 지내려고 애쓰지 않았다. 단지, 그는 그 안주인 품에 뛰어 오르는 것만 중지할 뿐이다. 미쵸가 더 나이를 먹으니 이제 어엿한 진짜 수고양이가 되었다. 하지만, 그는 정돈과 청결엔 조금도 변하지 않았다. 되레 더 나빠졌다. 이전에는 엄마 고양이 말씀을 잘 듣고 부끄러워하기도 했지만, 지금은 엄마 질책도 전혀 먹히지 않았다. 그렇게 지저분하게 넝마 같은 모습으로 지내는 걸 자신의 보람으로 여겼다.

그렇게 하는 것이 요즈음의 대유행이라고 했다. 엄마는 전혀 이해할 수 없었다. 시대가 변하였구나. 거리에 다니는, 모든 잘나가는 수고양이들은 지저분한 모습에 또 옷차림도 넝마 같은 모습이다.

그래서 미쵸는 거리를 활보하며 산책하기도 하였으나, 동시에 그의 몸에서는 지저분한 오물이 흘러내리기도 하였다. 미쵸 목에는 정상적으로 목줄이 채워져 있었는데, 목줄에는 그의 집 주소가 걸려 있다.

그러나 오늘은 키 작은 나무들을 지나다 그만 목줄이 떨어져 나가 버렸다. 그 목줄은 어느 나뭇가지에 걸려 있지만 미쵸는 그걸 전혀 모르고 있었다. 그러자 그는 진짜 집 없이 떠도는 고양이 모습을 이었다

히야, 정말 아름다운 떠돌이, 아니, 그래 떠돌이 모습이다. 바로 그 순간 도로에는 집 없이 배회하는 고양이나 개를 붙잡아 가두는, 뚜껑이 달린 작은 트럭이 가고 있었다. 이제 트럭이 미쵸 앞에 멈추어 서더니, 그 안에서 사람들이 나왔다. 미쵸는 그들이 누구인지 알고 있었다. 그래서 태연하게도 일이 자신과 상관없다며 그대로 서 있었다. 그러나 곧 사람들은 그물망으로 그를 집없는 고양이로 취급해서는 잡아버렸다. 잠시 뒤 그는 다른 붙잡힌 고양이들과 함께 트럭 안으로 넣어졌다. 미쵸는 처음엔 놀라서 아무 것도 이해하지 못했지만, 나중에 그는 자신의 목줄이 없어진 것을 알고 모든 것을 명백히 알게 되었다. 불쌍한 미쵸가 되었구나! 그는 자기 친구 중 아무도 자신이 그런 상황에 빠진 것을 보지 못했음을 알았다.

'엄마가 크게 걱정하실 텐데, 또 안주인도. 그런데 붙잡힌 고양이들은 어디로 가지, 어떻게 되지?'

미쵸는 정말 두려웠다. 생애 처음으로 그는 자신이 지저분하고 차림새가 정돈되지 않은 채 다닌 것을 후

회했다. 만일 그가 깨끗한 차림이었더라면, 사람들은 그를 붙잡아가지 않았을 것이다. 왜냐하면, 그런 고양이는 누구 집 소속의 고양이인줄 알고 있었기에. 이제 미쵸는 어느 강당 안 우리의 아주 깊숙한 곳에 갇힌 신세가 되었다. 그는 나중에 무슨 일이 벌어질지 무척 걱정하며 기다리고 있었다. 엄마는 점심 먹으면서 아들이 없어진 줄을 알게 되었다. 아주 먹성 좋은 아들이라 점심을 거르는 일은 있을 수 없는 일이었기 때문이었다. 그런 경우는 지금까지 한 번도 없었다. 엄마는 도로에서 놀고 있는 다른 고양이들에게 다가가, 자기 아들이 어디 있는지 물어보았다.

그러나 아는 고양이는 없었다. 엄마는 어찌할 바를 몰랐다. 슬픈 표정으로 엄마는 집으로 돌아왔다. 미쵸는 집 없이 배회하는 다른 고양이들과 함께 우리 속에 갇혀 있으면서 생각에 생각을 거듭했다. 그는 뭔가 하지 않으면, 자신에겐 구명의 손길이 올 수 없다고 결론을 내렸다.

그때 순경 여럿이 새 고양이들을 데려왔다. 그런데 그 순경 중 하나는 그만 여러 우리가 놓여 있는 대강당 출입문을 잠그는 것을 잊었다. 한편 또 다른 순경이 미쵸가 들어있는 우리의 출입문을 천천히 열었다. 그리고는 그는 잡아 온 고양이 한 마리를 그 우리 안으로 넣으려고 했다. 그 순간 미쵸는 순경을 훌쩍 뛰어넘으면서 그를 할퀴었다. 순경은 깜짝 놀라 옆으로 넘어졌다.

그 틈을 타, 미쵸는 온 힘을 다해 그 강당을 재빨리

빠져 달아났다. 그는 이전에 그렇게 빨리 내달린 적이 없었다. 그리고 나중에도 없었다. 그는 그 공포의 장소에서 가능한 멀리 달아나려고 했다. 나중에 자신의 집에 다가가서야 그는 자신의 걸음걸이를 천천히 걷게 되었다. 이제 그가 고개를 돌려 보니, 자신을 뒤따라오는 이가 아무도 없는 것을 알았다. 실은, 처음부터 그렇게 내빼는 그를 뒤따르는 이는 아무도 없었다. 미쵸가 달아난 그 순간, 깜짝 놀란 순경은 우리 안으로 새 고양이를 다시 집어넣고는 우리의 출입문을 닫아버렸다. 이제 도망자인 미쵸를 다시 잡아 올 시간도 없었고, 그렇게 하고 싶은 마음이 없었다.

미쵸가 집에 돌아 온 모습을 본 엄마는 행복하고 또 행복했다. 그 순간까지 엄마는 이제 아들을 다시 볼 수 없겠다고 생각하고 있었다. 아들이 이번에 정말 크게 잘못된 일을 했음에도 불구하고 아들에게 질책하는 말을 전혀 하지 않을 정도로 엄마는 행복했다. 또 기뻐한 이는 엄마 외에도 있었다. 그 집 안주인이었다. 안주인은 그렇게 흩어놓기를 잘하는 미쵸를 좋아했다. 안주인은 지저분한 모습의 미쵸를 시간을 내어 제대로 씻기고 그에게 목줄을 새로 매어 주었다. 그 일이 있은 뒤로, 미쵸는 자신의 몸을 더럽히려고 흙탕으로 가는 일은 절대로 없었다. 그는 내일, 모레, 또 다음날들에도 몸을 깨끗이 하고 정돈된 모습으로 살아갈 것이다.

MIĈJO MALORDEMA

Miĉjo estis katido de persa speco. Lia felo estis helgriza kaj longa. Tre bela, plaĉa kaj aminda li estis. Tial ĉiuj amis lin. Sed li havis unu malbonan trajton. Li estis tre, tre malordema. Li plej volonte neniam sin lavus, kaj ĉiam estus malpura. Tio estas ĉe katoj preskaŭ nekredebla, ĉar ili estas tre puraj kaj ordemaj bestoj.

Lia panjo estis senespera. Kiel vera persa katino, ŝi ofte ricevis premiojn en kataj ekspozicioj en la lando kaj ekstere. Ĉiam ŝi estis tiom ordigita kaj pura, ke ŝi preskaŭ brilis. Ĉiuj admiris ŝian belecon.

Ŝi konstante Miĉjon purigis kaj lavis. Sed ĉiufoje post momento ŝia bela kaj pura Miĉjo jam kun granda entuziasmo kuris tra koto aŭ ruliĝis en iu aĉa flako. Kaj eĉ pli diligente li ruliĝis sursable. Poste el lia densa longa felo ankoraŭ sep tagojn faladis la sablo. Sed plej terure estis, kiam li tiel malpura ricevis pulojn. Tiam oni devis lin lavi de kapo ĝis piedo kaj abunde polvi. Kaj nur unu horon poste Miĉjo aspektis kvazaŭ ne lavita dum monatoj.

La panjo lin ofte admonis kaj montris, ke

aliaj katidoj en la strato estas puraj kaj ordigitaj, sed nenio helpis. Ankaŭ la mastroj jam koleris pri Miĉjo, ĉar li malpurigadis ilian domon. Ekzemple li ŝatis salti en la sinon de la mastrino. Tio ne estis tre malbona se la mastrino havis sur si antaŭtukon. Sed unu fojon ŝi estis en sia plej bela robo, kaj tial li ricevis multajn batojn. Sed eĉ tiam li ne fariĝis pli pura. Li nur ĉesis salti en ŝian sinon.

Miĉjo kreskis kaj fariĝis vera virkato, sed rilate al la ordo kaj pureco li neniom ŝanĝiĝis. Eĉ pli malbone. Antaŭe li foje obeis la panjon kaj hontis, sed nun li tute ne aŭskultis ŝian riproĉadon. Li opiniis, ke estas brila afero esti tiom malpura kaj ĉifita. Tio nun tre furoras. Panjo nenion komprenas. La epoko ŝanĝiĝis. Ĉiuj ĉefaj virkatoj en la strato estas malpuraj kaj ĉifitaj.

Tiel Miĉjo plenfiera promenis tra la strato, kaj samtempe de li defluis koto. Li normale havis kolzonon sur, kiu estis skribita lia adreso. Sed hodiaŭ li iris tra arbustoj, kaj la kolzono defalis. Ĝi restis pendi sur iu branĉo, kaj Miĉjo tion tute ne rimarkis. Post tio li aspektis kiel vere-vera vagulo. Ja tre bela vagulo, sed tamen vagulo.

En tiu momento tra la strato veturis fermita kamioneto, kiun homoj uzis por kapti vagantajn katojn kaj hundojn. La veturilo haltis kaj homoj alvenis al Miĉjo. Miĉjo sciis, kiuj ili estas, sed li trankvile staris pensante, ke tio lin ne koncernas. Sed tuj li troviĝis en la reto, kaj post momento en la kamioneto kun aliaj kaptitaj katoj.

Miĉjo unue nenion komprenis pro miro, sed poste li rimarkis, ke mankas lia kolzono kaj ĉio fariĝis klara. Kompatinda Miĉjo! Li sciis, ke neniu el liaj amikoj vidis, kio okazis. Panjo ege zorgos, kaj ankaŭ la mastrino. Kaj cetere, kion oni faras al kaptitaj katoj? Miĉjo pleniĝis per timo. La unuan fojon en la vivo li bedaŭris, ke li estas malpura kaj senorda. Se li estus pura, certe la homoj ne estus lin kaptintaj, ĉar estus videble, ke al iu li apartenas. Nun Miĉjo kuŝis en iu halo, en la fundo de iu kaĝo kaj timoplena atendis por vidi, kio okazos poste.

Dum la tagmanĝo lia panjo rimarkis, ke li forestas. Li estis tiom granda manĝemulo, ke ne estis normale por li forgesi tagmanĝon. Tion li ĝis tiam neniam faris. Ŝi demandis ĉiujn katojn en la strato pri li. Sed neniu sciis. Panjo ne sciis kion fari. Malĝoje ŝi revenis hejmen.

Kaj Miĉjo kuŝis en la kaĝo kun aliaj katoj vaguloj kaj pensadis. Li konkludis, ke ion fari devas li mem, aŭ por li ne estos savo. Tiam la gardistoj alportis novajn katojn. Ili forgesis fermi la pordon de la halo, en kiu troviĝis la kaĝoj. Iu gardisto malrapide malfermis la pordon de la kaĝo, en kiu estis Miĉjo. Li volis meti novan katon en la kaĝon. En tiu momento Miĉjo saltegis sur lin kaj grate lin vundis. La homo pro surprizo falis planken, kaj Miĉjo forkuris plenrapide.

Tiom rapide li kuris neniam antaŭe. Kaj neniam poste. Li nur volis esti kiom eble for de tiu terura loko. Nur ĉe la hejmo li malrapidiĝis. Li turnis sin kaj vidis, ke neniu lin sekvas. Fakte, jam de la komenco lin neniu sekvis. Konsternita gardisto nur enpuŝis novajn katojn en la kaĝon kaj fermis ĝin, havante nek tempon nek volon ĉasi la fuĝinton.

Kiam Miĉjo revenis hejmen, lia panjo estis feliĉe-feliĉa. Jam ŝi pensis, ke neniam ŝi revidos lin. Tiom feliĉa ŝi estis, ke eĉ ne per unu vorto ŝi riproĉis lin, kvankam li tion ĉi-foje vere meritis.

Ankaŭ la mastrino ĝojis. Ŝi ŝatis Miĉjon, kvankam li faris malordon. Tre longe ŝi lavis lin kaj metis al li novan kolzonon. Post tio Miĉjo, la unuan fojon en la vivo, ne iris al la koto por malpurigi sin. Li estis pura kaj morgaŭ kaj postmorgaŭ kaj en ĉiuj aliaj tagoj.

제3부 정당한 가르침....

3-a PARTO: Instruoj pravaj⋯

경주

친구 넷이 있었단다. 넷 모두 암컷이란다.

어린 제비 **히룬디도**, 어린 타조 **스트루티도**, 어린 물오리 **아나시도**, 병아리 **코키도**가 그들이었단다.

그들은 동물원에 살고 있다. 서로가 떨어질 수 없이 친하게 지내는 친구이다.

하루는 그 친구들이 세 가지 경주를 하기로 했다. 달리기, 수영, 날기.

이런 기발한 생각에 그들은 아주 즐거워했다.

먼저, 달리기 경주를 시작했다.

타조가 넷 중에 가장 잘 달린다는 것은 이미 알고 있다. 당연히 타조는 맨 먼저 결승점에 도착했다. 그는 다음 선수가 도착하기 전까지 달리기 운동장을 세 번 지나면서 춤을 덩실덩실 두 번이나 추었다. 둘째로 도착한 이는 병아리였다. 어린 제비는 1미터의 절반을 두 발로 달려 보더니 그만 포기하고 말았다. 제비가 날기엔 선수여도 달리기는 정말 못한다. 어린 물오리는 병아리가 결승점에 도착한 뒤 20분이 지나서야 도착했다. 물오리는 너무 숨차, 그 자리에 곧장 쓰러지고는 거기서 몇 분간 쉬어야 했다. 타조는 쓰러진 오리가 걱정 되어 물을 좀 마시라며 물이 있는 곳으로 물오리를 데려가 주었다. 그곳에 가서야 물오리는 겨우 정신을 차렸다.

물오리가 충분히 휴식한 두 시간이 지난 뒤 수영 경주를 시작했다. 이번에는 물오리가 1분 만에 결승점에 다다랐으나 다른 친구들에겐 중요한 문제가 생겼다. 병아리는 아예 물에 들어가고 싶은 용기를 내지 못했다. 제비는 수면에 닿은 채 제대로 날기를 시도해, 멀리서 보면 제비가 마치 수영하는 것처럼 보였다. 그러나 그마저도 아주 힘들어 제비는 결승점에 가기까지 3번이나 물에 빠졌다. 마침내 제비가 2등으로 결승점에 들어왔고, 온몸이 젖어 있었다. 타조는 물이 그리 깊지 않아 경주하는 길을 걸어서 왔다. 하지만 이 걸음도 아주 느렸으니 3등으로 도착했다.

충분히 몸을 말리고 몸도 따뜻하게 한 그들은 이번에는 날기 경주를 했다. 불쌍하게도 병아리는 다시 이 경주에서 자신의 임무를 다할 수 없었다. 아쉽게도 그는 길바닥에 선 채 다른 친구들이 나는 것만 보고 있을 수밖에, 다른 방법이 없었다. 그러나 이번에는 타조도 병아리와 같은 처지였다. 타조도 충분히 날 줄 몰랐다. 제비가 그들 중에서 가장 잘 날았다. 그래서 이번에는 제비가 1등, 물오리가 2등 했다. 이제 경주가 모두 끝나자, 병아리를 제외한 모두는 만족했다.

어린 타조는 달리기에서, 어린 물오리는 수영에서, 어린 제비는 날기에서 우승했다. 그런데 병아리인 그는 아무 경주에서도 우승하지 못했다. 병아리는 풀이 죽은 채 집으로 출발했다. 그는 자신이 아무 쓸모가 없는 존재이구나 하며 그런 생각을 하며 집에 있었다. 그때, 키 작은 나무들이 있는 곳에 수많은 알곡이 흩어진 채 있는 것을 발견하게 되었다.

동물원에 일하는 사람들은 자신들이 들고 다닌 자루

에서 알곡이 흘러나온 것을 모르고 있었다.

한편 어린 제비, 어린 타조와 어린 물오리는 병아리를 안타깝게 생각하고 있었다. 그들은 그런 경주에도 불구하고 병아리와 계속 놀고 싶었고, 그를 혼자 집으로 가게 내버려 두고 싶지 않았다. 또 그밖에도 그들은 오늘의 여러 경주로 인해 피로하기도 했고 배도 고팠다. 그러나 아직은 점심때가 되지 않았다. 그 때문에 그들도 마찬가지로 우울했다. 바로 그때 병아리가 그들에게 다시 왔다. 행복하게도 병아리가 맛난 알곡이 많이 있는 곳을 발견했다고 말했다. 4마리의 동물은 다른 새가 가져가기에 전에 서둘러 그곳으로 갔다. 알곡들은 아직 아무도 손대지 않은 채 그대로 있고, 이제 그들은 이 알곡을 충분히 먹을 수 있었다. 그러자 그들의 배는 아이들이 즐거이 가지고 노는 공만큼 볼록해졌다.

그렇게 먹고 나자 모두 즐거웠다. 어린 제비와 어린 타조, 어린 물오리는 이제 배고프지 않았다. 이제 다른 친구들은 먹거리 찾기엔 병아리가 1등이라고 했다. 병아리도 즐거웠고, 모두 다시 즐거운 마음이었다.

이제 병아리도 한 분야에서는 가장 잘하는 이가 되었단다. 모두는 다시 정다운 친구가 되었단다.

KONKURSO

Estis kvar amikoj: Hirundino Hinjo, struto Struĉjo, sovaĝa anaso Aĉjo kaj kokido Pipko.

Ili vivis en bestĝardeno kaj estis nedisigeblaj amikoj.

Iam ili decidis organizi konkurson en kurado, naĝado kaj flugado. Ĉiuj estis ravitaj per tiu ideo.

Unue ili kuris. Estas konate, ke strutoj estas la plej bonaj kurantoj inter ĉiuj birdoj. Tiel Struĉjo tri foje trairis la kurejon, kaj poste ankoraŭ faris du dancojn, antaŭ ol alvenis la dua kuranto. Estis tio Pipko, la kokido. Hinjo saltetis duonon de metro kaj tiam ŝi rezignis. Hirundoj ja tre bone flugas, sed ili marŝas katastrofe. Aĉjo, la anaso, sukcesis dudek minutojn post la kokido veni al la celo. Li estis tiom laca, ke li falis sur la teron kaj tie ripozis kelkajn minutojn. Struĉjo tre ektimis pri Aĉjo kaj portis lin al akvo, por ke li iom trinku. Tie Aĉjo baldaŭ refariĝis normala.

Du horojn poste, kiam Aĉjo plene ripozis, komencis la naĝado. Li la celon atingis en minuto, sed la aliaj havis seriozajn problemojn. Pipko tute ne kuraĝis eniri en la akvon. Hinjo provis flugi precize ĉe la akva surfaco, tiel ke aspektu, ke ŝi naĝas. Sed tio estis tre malfacila, kaj ŝi trifoje falis en la akvon. Fine ŝi venis la dua kaj malseka al la celo.

La akvo ne estis tre profunda, tial Struĉjo piediris sian vojon. Tamen tio estis tre malrapida, kaj li alvenis la tria.

Post kiam ili sufiĉe sekiĝis kaj varmiĝis, ili decidis flugi. Kompatinda Pipko, li denove ne povis fari la taskon, kaj triste li staris sur la tero rigardante siajn amikojn. Sed ĉi-foje li havis societon de Struĉjo, ĉar ankaŭ tiu ne scipovis flugi. Ĉar hirundoj estas inter la plej bonaj flugantoj, ĉi-foje Hinjo estis pli rapida ol Aĉjo.

Kiam la konkurso finiĝis, ĉiuj estis kontentaj krom Pipko. Struĉjo venkis en la kurado, Aĉjo en la naĝado kaj Hinjo en la flugado. Kaj li nenie. Tute malĝoja, li ekiris hejmen. Li pensis, ke por nenio li estas kapabla. Kaj tiam en arbustoj li vidis aron da disŝutitaj grajnoj. Laboristoj en la bestĝardeno eĉ ne rimarkis, ke tio falis el iliaj sakoj.

Hirundino Hinjo, struto Struĉjo kaj Aĉjo anaso kompatis Pipkon. Ili volis ankoraŭ ludi kun li kaj ne ke li foriru hejmen. Krom tio, ili sentis malsaton pro la granda sporta laciĝo. Sed ankoraŭ ne estis la tempo por tagmanĝo. Tial ankaŭ ili fariĝis malĝojaj.

En tiu momento alkuris Pipko kaj feliĉe diris, ke li trovis grandan aron da bongustaj grajnoj. Ĉiuj tuj foriris tien, por ke iu alia tion ne forprenu. La grajnoj kuŝis netuŝite kaj ili satmanĝis tiom multe, ke iliaj ventroj fariĝis kiel pilkoj. Post tio ĉiuj fariĝis gajaj. Hinjo, Struĉjo kaj Aĉjo ĉar ili ne plu estis malsataj, kaj Pipko ĉar ili diris al li, ke li estas la plej bona en trovado de manĝaĵo. Nun ankaŭ li estis la plej bona en iu fako, kaj ĉio denove estis en ordo.

개굴라나와 개굴리나

이번 이야기는 어린 **개굴라나**와, 그녀의 가장 착한 친구 **개굴리나**에 대한 이야기란다.

아마 어린이 독자 여러분도 이들 이름을 들으면 이들이 어린 개구리 일 것으로 짐작할 수 있겠지요? 여러분이 맞았단다. 개굴리나와 개굴라나는 어린 청개구리들이다. 둘은 커다란 늪 부근의 키 낮은 나무들이 있는 곳에 살고 있단다. 활달한 성격의 개굴라나는 뛰어오르기를 좋아하고 유쾌한 장난도 잘 한다. 하지만 그녀는 별로 생각은 하지 않는 어린 개구리다. 그녀는 그들이 사는 전체 늪에서 뛰어오르기를 가장 잘하는 동물이다. 예를 들어, 그녀는 뛰어오르는 도중에 공중돌기를 2회전이나 할 수 있었다. 그들이 사는 늪에서 그렇게 잘 할 수 있는 다른 개구리는 없었다. 그녀는 뛰어오르기 외에도 개굴개굴하며 노래 부르기도 아주 좋아한다. 그렇다고 그녀가 부르는 노래가 썩 잘 부르는 노래는 아니다. 그녀가 노래를 잘 못한다기보다는 다른 개구리들이 더 잘 부른다. 반면에 개굴리나는 조용한 편이고, 개굴라나보다는 훨씬 침착하다. 그녀는 개굴라나가 하는 화려한 곡예를 보는 것이 자신이 직접 해 보는 것보다 더 좋아했다. 노래 부르기에도 그녀는 재주가 별로 없었다.

그녀는 헤엄치기를 잘 했고, 물 속에서 춤추는 것을 좋아했다. 그곳에서 그녀는 다른 경쟁자 없이 잘 지냈다. 그 둘이 사는 곳은 서로 이웃해 자리하고 있기에 그 둘은 서로 자주 친구의 집을 방문했다.

개굴라나가 무슨 놀이를 곧장 제안하면, 개굴리나는 그 놀이 재미있겠다며 기쁘게 받아주었다. 그들은 그만큼 즐겁게 놀이에 빠져들면, 자신들의 웃음소리가 너무 커서 때로는 이를 멈추기 어려울 정도였다. 온 늪에 그들의 웃음소리가 퍼졌다. 이제 그 어린 두 개구리가 늪에서 가장 유쾌하게 지내는 이로 소문이 자자했다. 그런 놀이가 끝나면 그들은 함께 점심을 먹는다.

한번은 개굴리나의 엄마가 마련해 주고 또 한번은 개굴라나의 엄마에게서 먹었다. 그 이유는 그들이 서로 떨어지고 싶지 않아서였다. 점심이 끝나면 그들은 다시 저녁 식사 때까지 놀았다. 그렇게 하루 또 하루가 지났다......그들이 정말 원하는 것은 같은 방에서 함께 잠자는 것이나 그들 부모는 이를 허락하지 않았다. 개굴리나와 개굴라나는 나이가 들어, 이젠 학교에 입학할 때가 왔다. 유감스럽게도 그 둘은 각기 다른 반으로 가게 되었다. 학교에서 그들은 개구리노래 합창, 뛰어오르며 재주 부리기, 헤엄치기, 혀로 내뱉기, 공중에 나는 파리 잡기, 황새 부리 피하는 법 등등의 과목을 배웠다.

그 두 어린 개구리는 착실한 학생이었지만 학급이 서로 달라 서로 자주 만날 수 없었다. 주말이 되어서야 그 둘은 함께 놀 수 있었다.

그러나 곧 함께 놀기도 끝이 났다. 그들에겐 등교해야 하는 새로운 월요일이 시작되었기 때문이다. 개굴라나가 그 점을 더 아쉬워했다. 그녀는 개굴리나를 여전히 좋아하며 같이 노는 것을 그리워했으나 개굴리나는 변했다. 개굴리나가 속한 학급의 모든 암컷 개구리는 무슨 이유에서인지 거만한 채 지내고 있었다. 또 무슨 이유에서인지 그들은 자신들을 "중요한 귀족의 일원"이라며 자랑하고 다녔다. 그들 부모가 노래 잘하는 가수라고 했고, 자신이 다른 개구리보다 몸 색깔이 더욱 초록이다 라든가 등등.

개굴리나는 학급의 다른 이들처럼 되고 싶었다. 그 때문에 그녀도 "콧대를 높이 세우며" 거만해지기 시작했다. 개굴리나 친구인 개굴라나는 그런 거만한 자세를 원하지 않고, 여전히 평범한 암컷 개구리로 지내고 있었다. 개굴라나는 이전과 변함없었다: 활달하고 뛰어 오르기 좋아하고 유쾌하고- 철이 아직도 좀 없기는 하지만.

그래서 그녀는 개굴리나가 속한 학급의 거만한 여학생들이 마음에 들지 않았다. 그 때문에 개굴리나도 개굴라나와의 만남을 피하기 시작했다. 개굴라나는, 그럼에도 불구하고, 다른 거만한 여학생보다 훨씬 착한 학생이었고, 착한 마음씨라서 개굴리나의 행동에 대해 화내지 않았다. 그녀는 계속 개굴리나와 친구가 되고 싶었고, 계속 잘 지내고 싶어했다. 그러나 그 바램은 이루어지지 않았다. 그래서 개굴라나도 그만 그런 바람을 포기하고 말았다. 여러 달 동안 개굴리나와 개굴라나는 서로 만나지도 않았다.

아마 그들 만남은 만일 지금 여러분에게 알려주는 이 일이 벌어지지 않았다면, 완전히 끊겨 버렸을 것이다.

어느 날 아침, 개굴리나는 이 풀잎에서 저 풀잎으로 기쁘게 뛰어 다니며 놀고 있었다.

그녀는 같은 학급의 다른 친구들과 함께 모임을 하고 있었다. 그 모임에서 그들은 지금 그 자리에 없는 어느 다른 친구의 피부색을 두고 쑥덕거리고 있었다. 개굴리나도 적극적으로 그 이야기에 끼어들었다. 그러던 중 그녀는 어느 젖은 풀잎을 향해 펄쩍 뛰어오르다가 그만 미끄러졌다. 그 바람에 그녀는 땅에 떨어졌다.

그런데 그만, 불행하게도, 그녀는 다리 하나를 다쳤다. 이젠 그녀는 잘 뛰어오르지 못하는 처지가 되었다. 바로 그 순간, 황새 한 마리가 그 암 개구리들이 있는 곳으로 날아왔다.

개굴리나는 친구들에게 도움을 청했으나 모두 내빼 버렸다. 이제 혼자 남게 되었다. 불쌍한 개굴리나는 이제 끝이구나 하고 생각했다. 빨리 뛰어오르지도 못해 이 자리를 벗어 날 수도 없었다.

황새가 개굴리나를 향해 다가서는 바로 그 순간, 어느 어린 개구리가 황새 앞으로 뛰어올랐다. 그리고는 그 개구리는 황새가 한 번도 본 적이 없는, 가장 미친 듯이 뛰어오르기를 계속하고 있었다. 황새는 순간 깜짝 놀라 멈추어 섰다. 그 사이 개굴리나는 서둘러 뛰어, 안전한 장소로 몸을 피할 수 있었다. 먹잇감이 내뺀 것을 본 황새는 화를 내고는 아직도 뛰어오르기를 계속하고 있는 어린 개구리를 목표로 다가왔다. 물론 그런 묘기를 보이고 있는 어린 개구리는 바로 개굴리나 였다. 그녀는 황새 앞에서 2번 회전하는 묘기를 한

번 더 보이고는 늪 속으로 사라져 버렸다. 그러자 황새는 자신의 부리에 아무것도 얻지 못한 채 그 자리를 떠나야 했다.

오후가 되어 개굴리나는 개굴라나의 집으로 갔다. 그곳에서 그녀는 자신을 구해 줘 진심으로 고맙다고 했다. 개굴리나는 아주 풀이 죽어 있다. 왜냐하면, 그녀는 정말 나쁘게도 친구 앞에서 지금까지 자신이 방정하지 못한 행동을 했기 때문이었다. 그러나 개굴라나도 이제야 그런 개굴리나를 유일하고도 진실한 친구임을 다시 확인했다.

개굴리나는 진실한 친구란 귀하다는 것과 그런 친구들은 서로 잘 돌봐 주어야 한다는 것을 알게 되었다. 그리고 어린이 여러분도 친구들을 많이 사귈 수 있지만, 나쁜 행동을 하는 친구들에게서는 배울 점이 많지 않다는 걸 기억해 주었으면 한다.

RINJO KAJ RANJO

Ĉi tiu rakonto estas pri Ranjo kaj pri ŝia plej bona amikino Rinjo.

Vi certe pensas, ke ili estas etaj ranoj. Vi pravas. Rinjo kaj Ranjo estis etaj verdaj ranoj. Ili vivis en arbustoj apud la granda marĉo.

Ranjo estis vigla, saltema, gaja, petola kaj iom senpripensa raneto. Ŝi estis la plej bona saltanto en la tuta marĉo. Ekzemple, ŝi povis fari duoblan turnon en la salto. Tion fari kapablis neniu alia rano en ilia marĉo. Krom saltado, ŝi tre ŝatis ankaŭ kvakadon, sed ne tro bona kantanto ŝi estis. Ne estis ŝi malbona, sed multaj ranoj estis pli bonaj.

Rinjo estis iom silentema kaj multe pli trankvila ol Ranjo. Ŝi preferis rigardi, kiel Ranjo faras bravuraĵojn, ol provi tion mem. En la kvakado ŝi ankaŭ ne estis majstro, sed ŝi bonege naĝis kaj ŝatis danci en la akvo. Tie ŝi estis sen konkurenco.

Ili du vivis najbare, kaj ofte ili vizitis sin reciproke. Ranjo kutimis elpensi ludojn, kaj Rinjo ilin entuziasme akceptadis. Tiom bone ili kutimis amuziĝi, ke foje ili apenaŭ povis haltigi sian kvakridadon. La tuta marĉo resonis per ilia kvakado. Jam ili estis konataj kiel la du plej kvakantaj kaj gajaj ranetoj en ĝi. Post la ludo ili tagmanĝis jen ĉe la panjo de Rinjo, jen ĉe la panjo de Ranjo, nur por ne disiĝi. Post tagmanĝo ili denove ludis ĝis vespermanĝo. Kaj tiel tagon post tago⋯ Plej volonte ili eĉ dormus en la sama ĉambro, sed la gepatroj tion tamen ne permesis.

Rinjo kaj Ranjo kreskis kaj venis la tempo por frekventi lernejon. Bedaŭrinde, ili devis iri al diversaj klasoj. En la lernejo ili lernis kvakadon en koruso, figurojn en saltado kaj naĝado, elĵeton de lango kaj kaptadon de muŝoj en la aero, evitadon de cikonia beko kaj similajn fakojn. Ambaŭ ranetoj estis bonaj lernantoj, sed pro la lernejo ne ofte ili vidadis unu la alian. Nur dum semajnfinoj ili ludis kune. Sed baldaŭ ankaŭ tio ĉesis.

Ranjo tion tre bedaŭris. Ŝi ankoraŭ ŝatis Rinjon kaj tiu al ŝi ege mankis, sed Rinjo ŝanĝiĝis. En la klaso de Rinjo ĉiuj knabinoj ranetoj estis ial orgojlaj, ial opiniis sin "gravaj sinjorinoj". Ekzemple, iliaj gepatroj estas la plej bonaj kantantoj kaj kvakantoj, tiu ĉi estas pli verda ol tiu alia ktp. Rinjo ege deziris esti kiel ili, kaj tial ankaŭ ŝi komencis orgojle "levi la nazon".

Ŝia amikino Ranjo estis daŭre simpla kvakulino, kiu ne deziris esti orgojla. Ranjo estis la sama kiel ĉiam: vigla, saltema, gaja kaj iom senpripensa. Tial ŝi ne plaĉis al orgojlaj knabinoj el la klaso de Rinjo. Pro tio ankaŭ Rinjo ŝin komencis eviti.

Ranjo estis fakte multe pli bona ol tiuj orgojlaj kvakulinoj, kaj, havante bonan koron, ŝi ne koleris pri Rinjo. Ofte ŝi eĉ provis reamikiĝi kaj denove ludi kun ŝi. Sed tio ne funkciis. Kaj tiam ankaŭ Ranjo rezignis. Dum monatoj Rinjo kaj Ranjo ne vidis unu la alian.

Eble iliaj kontaktoj tute ĉesus, se ne estus okazinta io, kion mi nun rakontos al vi.

Iun matenon Rinjo ĝoje saltis de folio al folio. Ŝi estis en societo de siaj amikinoj el la klaso. Ĝuste ili klaĉis pri la haŭtkoloro de iu ranino, kiu ne ĉeestis. Rinjo tiom fervore diskutis, ke ŝi ne rimarkis, ke unu folio estas malseka, kaj ŝi deglitis post salto. Maloportune ŝi falis kaj vundis unu piedon. Ne plu ŝi povis bone salti.

En tiu momento alflugis cikonio. Rinjo petis helpon de la amikinoj, sed ĉiuj forkuris kaj lasis ŝin sola. Kompatinda Rinjo pensis, ke venis la fino. Ŝi ne povis rapide salti kaj forkuri. Kaj ĝuste tiam, kiam la cikonio ekiris al Rinjo, iu raneto elsaltis antaŭ la cikonion kaj komencis fari la plej frenezajn saltojn, kiujn la cikonio ĝis tiam vidis. La cikonio surprizite haltis kaj tiel Rinjo ricevis sufiĉan tempon por malrapide forsalti al sekura loko. Vidinte ke la predo forkuris, la cikonio ekkoleris kaj direktis sin al la saltanta raneto. Kompreneble, tiu saltulino estis Ranjo. Ŝi faris duoblan turnon kaj malaperis en la marĉo, kaj la cikonio foriris kun malplena beko.

Posttagmeze Rinjo venis al la hejmo de Ranjo. Tie ŝi dankis pro la savita vivo. Rinjo fartis tre malagrable, ĉar ŝi sciis, ke vere malbele ŝi kondutis antaŭ sia amikino. Kaj Ranjo tamen restis ŝia sola sincera amikino. Rinjo komprenis, ke veraj amikoj estas raraj kaj oni devas ilin gardi.

Kaj falsajn amikojn vi povas havi en granda nombro, sed de ili vi havos nenian utilon.

붉은 개미 이야기

우리가 사는 땅속 저 깊은 곳 이야기를 하려는 데, 한번 들어보렴.

어느 날, 그곳의 어느 개미 조산소에서 개미 한 마리가 태어났단다. 그 개미는 다른 어린 개미들이 가진 것은 모두 다 가지고 있었단다. 몸 하나에 다리는 세 쌍, 더듬이는 두 개. 하지만 그 어린 개미는 다른 개미와는 달랐단다. 그는 붉었단다. 다른 개미들은 모두 검은 색이었단다.

그곳은 정말 검은 개미들만 사는 곳이었단다.

보통 검은 개미들과 붉은 개미들은 서로 사이가 아주 좋지 않다. 그들은 어느 땅의 권리를 두고 전쟁을 벌이기 일쑤다.

그런데 검은 개미들만 사는 곳에 붉은 개미가 태어나자 모두 놀랐다.

모두에게 깜짝 놀란 상황이 되었다.

곧장 개미들은 평의회를 소집했다.

여왕개미가 출석하였다.

여왕개미의 가장 충실하고도 현명한 개미들인 보좌관들도 출석했다. 그들은 오랫동안 고민에 고민을 거듭해 보아도 다른 개미들이 모두 검은데, 저 개미만 왜 붉은지 그 이유를 마땅히 설명할 수 없었다. 그래도 그들은 한 가지 사항만 확실히 결의했다. 말인즉, 그들은 저 붉은 개미와 함께 사는 것을 원하지 않는다는 것이다.

그래서 어느 날, 그들은 자신들이 사는 곳에서 그 붉은 개미를 내쫓았다.

개미들이 언제나 대-단-한, 대단한 무리로 산다. 이제 혼자가 된 어린 붉은 개미는 아주 불행했다. '혼자 어떻게 살아야 할지?'

정말 개미들은 혼자서 살지 못한다.

그 때문에 그는 검은 개미들이 사는 곳으로 가서 다시 자신을 받아 달라고 간청했다. 만일 받아 주면 다른 평범한 개미가 하는 일의 두 몫을 일하겠다고 했다. 그런데도 그들은 이를 허용하지 않았다. 그러면서 그들은 그에게 인근에 붉은 개미들이 사는 무리가 있다고만 말하였다. 그도 붉으니, 아마도 그 붉은 개미들은 그를 쉽게 받아들일 것이라 했다.

검은 개미들 무리가 그를 정말 받아들여 주지 않자, 그는 슬픈 마음을 안고 붉은 개미들이 사는 곳으로 출발했다. 그곳으로 가면서 붉은 개미들이 사는 곳에 있으면 더 낫겠지, 또 검은 개미들이 하는 말이 옳겠지 하고 생각했다. 이틀이 지나 그는 붉은 개미들이 사는 곳의 경계의 길목을 지키고 있는 개미들을 만나게 되었다. 그 붉은 개미들은 그를 보자, 그를 애워싸고는, 만일 그들의 무리에서 그가 멀리 가지 않으면 독액을 그에게 내뿜어 주겠다고 위협했다. 그런 그들의 위협에도 불구하고 붉은 개미는 답했다. "그런데, 저도 당신들처럼 몸이 붉은 개미입니다!" 그러자 붉은 개미들은 말했다. "하지만 네 몸엔 검은 개미 같은 냄새가 나. 너는 우리와는 달라. 네가 살고 싶으면, 어서 꺼져!"

우리 주인공 붉은 개미는 이전보다 더 우울한 모습으로 천천히 붉은 개미들이 사는 곳에서도 멀어져 갔다.

그는 자신이 이 세상에서 가장 슬픈 존재라고 믿었다.

검은 개미들은 그를 붉다며 원치 않았고, 붉은 개미들은 그가 검은 개미들에게서 태어났다며 그를 원치 않았다. 그는 그렇게 상심한 채 불쌍한 모습으로 어느 작은 돌에 앉아 있었는데, 바로 그때 옆을 지나는 이상한 개미를 발견했다.

그 개미의 몸은 반은 붉고 반은 검었다.

어린 붉은 개미가 우울하게 있음을 본 그 낯선 개미가 그에게 물었다.

"무슨 일로 어린 개미가 낙심한 채 있니?"

어린 개미는 붉은 개미들도 검은 개미들도 아무 쪽에서도 자신을 원치 않는다고 대답했다.

또 지금은 그가 무엇을 어찌해야 할지 모르겠다고 했다. 또 그는 어느 개미들의 무리 속에 꼭 들어가 살고 싶었다고 했다. 또 그가 속하는 무리가 이젠 어떤 색깔을 갖든지 상관없다고도 했다. 그 말을 듣자, 검붉은 개미는 웃으며 대답했다: "그러면 나와 함께 가자. 내가 너를 우리 여왕님께 소개해 줄게. 그분은 아주 현명하고 마음씨도 고우니, 너를 도와주실거야."

그래서 그들은 검붉은 여왕개미에게로 갔다.

그리고 어린 붉은 개미는 자신이 이곳으로 오게 된 과정을 말했다.

그는 아직도 마음속으론 여기서도 자신을 내칠 것으

로 믿고 있었다. 그러나 다행히 이번엔 그가 틀렸다. 검붉은 여왕개미는 정말 아주 현명하고 아주 착한 마음씨를 가지고 있었다.

여왕 개미는 그에게 말했다.

"오, 불쌍한 붉은 개미야. 이젠 더이상 슬퍼하지 마라! 네 몸이 붉은 개미이지만 검은 개미와 같은 냄새가 나구나. 하지만 우리 몸의 일부는 붉고 일부는 검거든. 만일 네가 우리가 사는 여기에 머무르고 싶으면, 여기서 우리와 함께 살게. 만일 네가 성실하고 착하다면, 우리는 자네를 우리 일원으로 환영하겠네."

붉은 개미는 그 말에 너무 행복해 대답마저도 못할 정도였다. 그는 거저 "고맙습니다!"라는 말만 할 뿐이었다. 그리고는 그는 곧 자신을 소개해준 검붉은 친구에게 달려 가서 이 기쁜 소식을 말해 주었다.

그날부터 검붉은 개미들이 사는 무리에서 누가 가장 열심히 일하는 개미인지 아세요? 아마 어린이 여러분은 모른다구요? 물론 그는 바로 우리의 어린 붉은 개미랍니다.

RAKONTO PRI LA RUĜA FORMIKO

Iun tagon, profunde sub la tero, en formika akuŝejo naskiĝis la eta formiko. Li havis ĉion, kion havis aliaj etaj formikoj: tri parojn da piedoj, korpon, du antenojn, okulojn, sed tamen li estis alia. Li estis ruĝa, kaj ĉiuj aliaj estis nigraj. Tie ja estis formikejo de nigraj formikoj.

Nigraj kaj ruĝaj formikoj ne tre ŝatas unuj la aliajn. Ofte ili militas pri rajto je iu tereno, kaj tial la naskiĝo de la ruĝa formiko kaŭzis ĝeneralan miron, eĉ konsternon.

Tuj estis kunvokita la formika konsilio. Kunvenis la formika reĝino kaj ŝiaj plej fidelaj kaj saĝaj formikoj konsilantoj. Longe ili cerbumis, sed neniel ili povis klarigi, kial tiu formiko estas ruĝa, kvankam ĉiuj aliaj nigras. Nur pri unu afero ili certis. Ili ne deziris, ke li vivu ĉe ili. Kaj tial unu tagon ili forpelis la etan formikon el sia formikejo.

Sed formikoj ĉiam vivas en grandaj-grandaj grupoj kaj la eta ruĝulo estis ege malfeliĉa, ĉar kiel li vivos sola? Ja formikoj tion ne kapablas.

Tial li petegis, ke oni akceptu lin denove en la formikejon, promesante ke li laboros kiel du ordinaraj formikoj, sed ili ne cedis. Ili nur diris al li, ke en la proksimo estas la formikejo de ruĝaj formikoj. Ĉar ankaŭ li estas ruĝa, verŝajne tiuj lin akceptos. Kompreninte ke oni lin vere ne deziras, li kun malĝojo en la koro ekiris al la ruĝaj formikoj. Survoje li pensis, ke eble estos pli bone tie, kaj ke la nigraj formikoj eble pravas.

Post du tagoj li trovis gardistojn de la ruĝa formikejo. Ili tuj ĉirkaŭigis lin kaj minacis, ke ili ŝprucumos lin per venena likvaĵo se li tuj ne iros for de ilia formikejo. Al tio respondis la eta ruĝa formiko: "Sed ankaŭ mi estas ruĝa, ĝuste kiel vi!" La ruĝuloj respondis: "Sed vi odoras kiel nigra formiko, vi ne estas nia. Iru for, se vi volas vivi!"

Nia ruĝa formiko, eĉ pli malĝoja ol antaŭe, malrapide foriris ankaŭ de la ruĝa formikejo. Li kredis sin la plej malĝoja estaĵo en la mondo. La nigraj formikoj lin ne deziris ĉar li estis ruĝa, kaj la ruĝaj ĉar li naskiĝis ĉe la nigraj.

Ĉagrenita kaj mizera li eksidis sur iu ŝtoneto, kaj tiam apud li pasis iu stranga formiko. Tiu formiko estis duone ruĝa kaj duone nigra. Vidinte ke la eta formiko malĝojas, li demandis lin: "Kaj kio vin, etulo, tiom suferigas?"

La eta formiko respondis, ke neniu lin deziras, nek la ruĝaj formikoj nek la nigraj, kaj nun li vere ne scias kion fari. Kaj tiom multe li deziras vivi en ia formikejo, kaj egalas por li, kiun koloron havas tie la loĝantoj.

Je tio la ruĝe-nigra formiko ridetis kaj respondis: "Tiam venu kun mi. Mi kondukos vin al mia reĝino. Ŝi estas tre saĝa kaj bonkora, certe ŝi helpos."

Kiam ili venis al la ruĝe-nigra reĝino, la eta ruĝa formiko eldiris sian historion. Li jam kredis, ke denove oni lin forpelos. Sed ĉi-foje, je sia feliĉo, li eraris. La ruĝe-nigra reĝino estis vere tre saĝa kaj tre bona. Ŝi diris al li: "Ho, eta ruĝa formiko, ne malĝoju plu! Vi estas ruĝa, kaj odoras kiel la nigraj, sed ankaŭ ni estas parte ruĝaj kaj parte nigraj. Se vi deziras, restu ĉe ni. Kaj se vi estos diligenta kaj bona, ni ŝatos vin kvazaŭ vi estus unu el ni."

La ruĝulo pro feliĉo ne povis eĉ respondi. Li nur diris "Dankon!" kaj rapide forkuris diri al sia ruĝe-nigra amiko la bonan novaĵon. Kaj ĉu vi scias, kiu estis ekde tiu tago la plej diligenta formiko en la ruĝe-nigra formikejo? Vi ne scias? Ja kompreneble, la eta ruĝa formiko.

도시 참새 우르쵸

어느 대도시에 아름다운 커다란 교회가 있었단다. 교회 지붕 아래 여러 종류의 새가 사는 둥지들이 있었단다. 그 둥지 중 하나에는 도시 참새 **우르쵸**와 그 우르쵸의 아빠 참새, 엄마 참새가 함께 살고 있었단다. 둥지에서 바라보면 매력적인 대도시의 시가지 전부가 한눈에 들어왔단다. 같은 지붕 아래 다른 둥지들에는 주로 참새와 비둘기들이 살고 있었단다. 이 둥지들을 보면, 이곳이 아주 많은 수효의 날짐승들이 사는 진짜 마천루와 같은 생각이 든단다. 적어도 우르쵸에겐 자신이 그 마천루 꼭대기에 사는 것 같았다.

그는 진짜 도시 참새다. 소음, 복잡함, 큰 소리, 사람들의 떠드는 소리, 자동차와 전차도 아주 좋아했다. 그는 전차 지붕으로 날아가서 앉고는 몇 정류소까지 가는 것을 좋아했다. 비록 엄마가 그 사실을 알고 매번 야단을 쳤지만 말이다. 엄마는 항상 그에게 그런 행동은 아주, 아-주 위험하다고 하여도, 그는 이를 완전히 무시했다. 우르쵸는 이런 소식도 알고 있었다. 모이 주는 할머니들이 언제 어느 곳에서 날짐승에게 모이를 주는지 알았다.

또 동물원 안의 어느 곳에 날짐승들이 잘 모이는지, 가장 맛난 찌꺼기를 담은 음식물 쓰레기통이 어디에 있는지를 정확히 알고 있었다. 그는 자신이 알아야 하는 모든 지식은 이제 이미 다 알고 있다고 생각했다. 도시에 사는 어느 날짐승도 그처럼 현명하지 않다고 생각했다. 그는 이젠 좀 거만하기조차 하였다. 그는 이 도시의 어느 고양이도 그를 잡지 못할 것이라며 떠벌리고 다녔다. 어느 날, 시골에 사는 친척 참새가 지신의 아들 **베쿨로**와 함께 우르쵸의 부모를 방문했다. 시골 참새들은 도시 소음과 소란스런 소리에 익숙하지 않아, 그런 소리를 들으면 그들 모두는 좀 겁을 내며 흥분하게 되었다. 특히 어린 베쿨로는 더 심했다. 베쿨로는 자신이 모르고 있는 도시에서이 이런 저런 일을 우르쵸에게 물었다. 우르쵸는 그런 질문들이 지루하고, 멍청한 것이라고 자만했다. 그는 베쿨로에게 모든 걸 제대로 설명해 주는 대신 베쿨로를 비웃기만 했고, 자기 친구들 앞에서 베쿨로를 자주 부끄럽게 만들었다.

예를 들어, 우르쵸는 어려서부터 전철과 같은 기차를 타보며 생활해 왔기에 누군가 전철을 무서워한다는 것을 전혀 이해할 수 없었다.

그는 친구들에게 자기 사촌을 아주 형편없는 겁쟁이라고 소문을 퍼뜨렸다. 그때부터 우르쵸의 모든 친구는 베쿨로를 피해 버리거나, 아니면 그들이 그와 함께 있어야 한다면서 그를 놀림의 대상으로 만들어버렸다. 베쿨로는 그때문에 아주 슬펐고 부모에게 이젠 그만 도시 여행하는 것을 그만하고 시골로 돌아가자고 간청했다. 그의 엄마 아빠는 그에게 이 대도시가 싫은지 물었다.

도시가, 실은, 아주 그의 마음에 들었지만 우르쵸는 결국 이 도시가 마음에 들지 않는다고 말해 버렸다.

그러자 베쿨로의 부모는 집으로 돌아가기로 마침내 결정했다. 그들은 떠나기에 앞서 우르쵸 부모에게 한번 우르쵸를 데리고 자신들이 사는 마을로 한번 놀러 오세요 하고 초청했다.

그런 초청의 뜻을 들은 우르쵸 부모는 마음속에 챙겨 두었다.

한 달 뒤, 시골 마을로 갈 수 있겠다고 곧 초청 의사에 답했다.

우르쵸는 그런 생각을 조금도 좋아하지 않았다. 시골에서 그가 뭘 하겠는가?

정말 그곳에선 그는 지루하기만 할 것이다.

낭패다!

그러나 부모는 그도 같이 가야만 한다고 했고, 그는 싫지만, 부모님을 따라가겠다고 했다. 한 달 뒤, 우르쵸는 자신의 부모와 함께 시골에 사는 그 친척을 방문하러 날아갔다.

우르쵸는 지금까지 한 번도 어느 시골 마을에 가 본 적이 없었다. 또 시골은 자신이 생각한 것과는 전혀 딴판이었다.

그가 본 처음의 대상은 암소였다. 그는 지금까지 그렇게 큰 뿔을 가진 괴물을 본 적이 없었다. 암소가 한번 움-메 하고 울기 시작하자, 우르쵸는 두려워 어딘가에 숨은 채 몸을 떨었다. 부모들은 그를 반 시간이나 찾으러 다녔고, 결국 어느 외양간의 한구석에서 숨은 채 떨고 있는 그를 찾아 낼 수 있었다.

그 뒤, 우르쵸는 우연히 말을 보게 되었다. 그는 하

마터면 말의 발에 거의 밟힐 뻔했다. 우르쵸가 그때 말발굽 옆에서 뭔가 찾고 있었기 때문이었다.

마침 그 마지막 순간에 베쿨로가 우르쵸를 밀쳐냈기에 망정이지 그렇지 않았다면 그는 목숨을 잃을 뻔했다. 저녁에 완전히 힘이 빠진 우르쵸는 둥지 안에 쓰러진 채 잠을 잤다. 잠자리에 들기 전에, 잠깐 사촌인 베쿨로가 자기 친구들에게 앞으로 필시 그를 암소나 두려워하고, 말에 밟힐 뻔했다고 말하며 다닐 것으로 생각하였다.

아침에 우르쵸를 깨운 것은 무슨 공포의 고함소리였다. 그 소리에 그는 하마터면 둥지 밖으로 떨어질 뻔했다. 그 소리의 주인공은 꼬-끼-요 하는 수탉이었다. 수탉 울음소리는 우르쵸에겐 도시 사이렌 소리보다도 더욱 더 요란하고 공포감을 가져다 주었다. 아침 식사가 끝난 뒤, 베쿨로는 자신의 친구들을 우르쵸에게 소개해 주었다.

그러나 우르쵸가, 아주 놀랍게도, 자신이 겁쟁이로 행동한 어제의 일을 베쿨로는 한 마디도 하지 않았다. 베쿨로는 우르쵸가 아는 것도 많으며, 할 줄 아는 것도 많다며 자랑하기도 했다. 그럼에도 우르쵸는 풀이 죽어 나중에 더욱 자신이 부끄러워졌다.

그는 베쿨로를 아주 나쁘게 생각해 왔으나 지금은 베쿨로는 그를 아주 좋게 여기고 있다. 우르쵸는 우울해졌다. 다음 날 아침 그는 자기 부모에게 자기는 집에 돌아가고 싶다고 말했다.

부모는 깜짝 놀랐다. 그들이 여기에 도착한 지 얼마

되지 않았음에도! '이곳이 그의 마음에 들지 않는가? 아마 누군가 그를 잘못 대하였는가?'

"아뇨. 아뇨. 모든 것은 아름답고 모두가 저를 아주 잘 대해 주고 있어요." 우르쵸는 그렇게 대답했다. "하지만, 간단히 저는 집으로 가고 싶어요."

떠나기에 앞서, 우르쵸는 베쿨로를 한 곳으로 데려가, 자신의 못난 행동에 대해 용서를 구했다. 그는 이제 더는 누구도 그렇게 대하지 않을 것을 약속했다. 이미 오래 전에 베쿨로는 그 일을 용서했다고 말해 주었다.

우르쵸가 도시로 돌아온 이후, 그의 친구들과 부모는 그가 이전과 다름에 놀라워했다.

그는 더는 거만하지도 않고, 모범 참새가 되었다. 그는 누구에게나 기꺼이 도움을 주었다.

그의 부모는 그런 우르쵸를 보자 아주 기뻐했다.

그러나 그들은 왜 그가 그렇게 변했는지 이해가 되지 않았다.

그런 일이 있은 뒤, 우르쵸의 사촌 베쿨로가 다시 도시를 방문했을 때, 모두가 칭찬할 만큼 우르쵸는 베쿨로를 진심으로 환대하며 잘 대해 주었다.

URĈJO PASERO

La nesto en kiu vivis Urĉjo pasero kaj liaj gepatroj troviĝis en granda urbo, sub tegmento de iu granda kaj bela preĝejo. El la nesto oni povis ĝui belegan vidaĵon de la tuta urbo. Sub la sama tegmento estis ankaŭ multaj aliaj nestoj. Ĉefe tie vivis paseroj kaj kolomboj. Ĉio ĉi iom pensigis pri vera birda ĉielskrapanto, kun tre multe da loĝantoj. Almenaŭ al Urĉjo ofte ŝajnis, ke li vivas pinte de ĉielskrapanto.

Kiel vera urba pasero li ŝategis bruon, svarmon, laŭtajn sonojn, homan tumulton, aŭtomobilojn kaj tramojn. Li ŝatis sidi sur trama tegmento kaj veturi je kelkaj haltejoj, kvankam lin panjo ĉiufoje riproĉis, kiam ŝi sciis, ke li tion faris. Ŝi diradis, ke tio estas tre, tre danĝera, sed li tion plene ignoris.

Urĉjo sciis precize, al kiuj lokoj kaj en kiu tempo alvenas la maljunulinoj, kiuj nutras birdojn, kie en la bestoĝardeno kunvenas birdoj, kie estas la rubujoj kun la plej bongustaj restaĵoj de manĝaĵo. Li pensis, ke jam ĉion li scias, kio estas sciinda. Kaj, ke neniu birdo en la urbo estas egale saĝa. Iom li eĉ orgojlis. Li diradis, ke neniu urba kato povas lin kapti.

Iun tagon la gepatrojn de Urĉjo vizitis parencoj el vilaĝo kun sia filo Bekulo. Ili ne kutimis aŭskulti urban bruon kaj tumulton, kaj tial ili ĉiuj estis iom timantaj kaj ekscititaj, precipe la etulo. Bekulo konstante demandis Urĉjon pri diversaj urbaj aferoj, por li nekonataj. Urĉjo opiniis la demandojn tedaj kaj iom stultaj. Anstataŭ ĉion dece klarigi al Bekulo, li nur moke ŝercis pri li, kaj ofte lin hontigis antaŭ siaj amikoj.

Ekzemple, Urĉjo la tutan vivon veturis sur tramo, kaj li ne povis kompreni, ke iu la tramon timas. Li diskonigis inter siaj amikoj, ke lia kuzo estas malkuraĝulo ĝisosta. Ekde tiam ĉiuj amikoj de Urĉjo evitadis Bekulon, aŭ lin ridindigis, se ili tamen devis esti kun li. Bekulo tial fariĝis tre malfeliĉa kaj li petis la gepatrojn, ke ili finu la viziton. Liaj gepatroj lin demandis ĉu la granda urbo al li malplaĉas. La urbo fakte al li plaĉis, sed li ne volis akuzi Urĉjon kaj li respondis, ke la urbo al li ne plaĉas. La gepatroj konsentis foriri hejmen. Antaŭ la ekiro ili diris al la gepatroj de Urĉjo, ke ili kun Urĉjo venu vizite al la vilaĝo. Al tiuj la ideo tre plaĉis, kaj tuj ili konsentis, ke post monato ili venos al la vilaĝo.

Urĉjo la ideon neniom ŝatis. Kion li faros en ia vilaĝo? Ja tie li nur enuiĝos. Katastrofo! Sed la gepatroj diris, ke li devas iri, kaj li malvolonte konsentis.

Post unu monato flugis Urĉjo kun la gepatroj al siaj parencoj en la vilaĝo. Urĉjo neniam antaŭe estis en iu vilaĝo, kaj tute alie li ĝin imagis. La unua afero kiun li vidis estis bovino. Tian grandan kornan monstron li ĝis tiam ne vidis. Kaj kiam la bovino eĉ komencis bleki, Urĉjo frostis pro timo. La gepatroj lin serĉis duonhoron, kaj fine ili trovis lin kaŝita kaj tremanta en angulo de iu stalo. Poste Urĉjo hazarde renkontis ĉevalon. Tiu lin preskaŭ surtretis, ĉar Urĉjo ion serĉis apud ĝiaj hufoj. En la lasta momento Bekulo puŝis Urĉjon kaj tiel savis lian vivon.

Vespere, tute elĉerpita, Urĉjo falis en la neston kaj ekdormis. Sed momenton antaŭ tio li pensis, ke nun Bekulo certe rakontos al ĉiuj siaj amikoj, ke li timis la bovinon kaj ke la ĉevalo lin preskaŭ surtretis.

Matene vekis Urĉjon ia terura kriego. Li preskaŭ falis el la nesto aŭdinte tion. Kaj temis nur pri virkoko, kiu kokerikis, sed tiu sono ŝajnis al Urĉjo pli laŭta kaj pli terura ol ĉiu urba sireno.

Post matenmanĝo Bekulo konigis al li siajn amikojn. Sed je granda miro de Urĉjo, Bekulo ne diris eĉ vorton pri la eventoj, en kiuj Urĉjo kondutis tute malglore. Li eĉ diris laŭde, ke li multon scias kaj povas. Urĉjo fartis iom malagrable, kaj poste li hontis ĉiam pli. Li tiel malbele traktis Bekulon, kaj nun tiu tiel bele traktas lin.

Urĉjo fariĝis malgaja kaj sekvan tagon li diris al la gepatroj, ke li deziras reveni hejmen. La gepatroj ege miris. Ja ili estis ĵus alvenintaj! Ĉu ne plaĉas al li ĉi tie? Eble iu lin traktis malbone?

"Ne, ne, ĉio estas bela kaj ĉiuj estas tre bonaj al mi", respondis Urĉjo. "Sed simple mi deziras hejmen."

Antaŭ la foriro, Urĉjo kondukis Bekulon iom flanken, kaj petis pardonon pro sia malbela konduto. Li promesis, ke ne plu li tion faros al iu ajn. Bekulo respondis, ke jam delonge li tion pardonis.

Post kiam Urĉjo revenis en la urbon, liaj amikoj kaj gepatroj rimarkis, ke li ne estas la sama. Ne plu li orgojlis, deca li estis, kaj al ĉiuj li volonte helpis. La gepatroj estis tre feliĉaj pro tio, sed ili ne komprenis, kial tiu ŝanĝo okazis. Kaj kiam la kuzo denove lin vizitis, Urĉjo estis tiom bona gastiganto, ke ĉiuj lin laŭdis.

불행한 애벌레 소녀

어느 큰 목장에 작은 애벌레 소녀가 살고 있었단다. 초록 소녀인 애벌레는 약간 통통한 몸집이지만 머리카락은 약간 있었단다. 그녀는 자신의 모습에 불만이 컸단다. 소녀는 이 땅에서 가장 못생긴 생물로 자신을 지목하고 있었단다.

저 공중에서 나는 형형색색의 나비들을 바라보면서, 소녀는 때로는 기쁜 마음이 들다가도 때로는 우울한 마음도 생겼다. 그러면서 소녀는 저이들보다 예쁜 존재는 본 적 없겠지 하고 부러워했다.

"아, 언젠가 나도 저 나비들처럼 날 수 있었으면," 하고 애벌레 소녀는 자신의 처지를 한탄했다. "저리 아름답게 또 다채로운 모습으로 내가 날 수 있다면 모두 나를 우러러 보겠지. 지금은 내가 진흙 속에서 기어다니니 아무도 나에겐 관심을 주지도 않네. 또 누가 나의 존재를 알아봐도 나를 먼저 짓뭉개버리려고만 하니."

소녀가 우울해졌다는 것을 아는 이는 이웃 나뭇잎에 사는 메뚜기 밖에 없었다. 그는 애벌레 소녀에게 말했다. "지금 모습도 충분히 예뻐. 너처럼 아름다운 애벌레를 지금까지 한 번도 못 보았어. 너도 어느 날이면 지금 멋지다고 생각하는 저 나비들처럼 아름다운 모습으로 변할 거야!" 그는 소녀를 위로했다.

그러나 소녀는 그가 하는 말을 전혀 믿지 않았다.

하루가 지나고 이틀이 지났다.

애벌레 소녀는 언제나 배고프고, 더욱 그만큼 소녀는 먹어야만 했다. 소녀가 먹을수록 몸이 더 뚱뚱해지자 더 자신의 처지를 비관했다. 갑자기 소녀는 자신에게 어울릴 작은 집을 짓고 싶은 열망을 느끼기 시작했다. 사람들은 그런 작은 집을 '고치'라 부른다.

그래서 소녀는 정말 일하기 시작했다: 소녀는 자신의 몸에서 실을 꺼내, 그 실로 자신을 감기 시작했다. 어느 때처럼 소녀는 그 집이 보통의 것이 아닌 가장 아름다운 고치가 되었으면 하고 기원했다. 그 때문에 소녀는 자신의 집을 아주 특별한 모습으로 만들어 냈다. 이런저런 모양의 고치를 만들어 보았다. 대체로 모양은 아름다웠으나, 쓸모는 그리 많지 않았다. 처음의 고치는 너무 좁았고, 둘째는 너무 넓었고, 셋째는 넓은 것 같기도 하고 좁기도 한 것 같았다. 그러다가 끝내 소녀는 그만 지쳐, 가장 간단한 고치를 만들었다. 그런데 바로 그 간단한 고치가 소녀에겐 가장 어울리는 모양이 되었다. 그 고치 안에서 소녀는 오래, 오래 잠을 잤다.

마침내 잠에서 깨어난 소녀가 밖으로 나와 자신의 모습을 보니 뭔가 다른 모습이었다. 애벌레였던 자신이 나비가 되어 있었다. 또 정원에 사는 평범한 나비가 아닌, 자신이 지금까지 본 나비들 중에서 가장 아름다운 나비로 변해 있었다. 그만큼 그 나비는 자신의 외모에 관심을 가졌기에 호수 위를 날면서 호수 거울에 비친 자신의 모습을 내려다보았다. 그렇게 나비는 자신이 날고 있는 목적지에 대해선 전혀 주의하지 않앉다. 그러다가 나비는 물가에 있는 어느 나뭇가지에 부딪혔다. 양 날개가 많이 아팠다. 문제가 작지 않았는지 그 한 번의 부딪힘으로 인해 소녀는 자신의 날개 중 하나의 일부를 잘라내야 했다. 그러자 나비는 다시 불행한 자신을 책망했다. 지금까지 당당하게 커 가는 나비임에도 불구하고, 아주 아름다운 나비임에도 불구하고, 날개가 좀 잘린 나비였다. 다시 나비는 자신을 못생겼다고 생각하게 되었다. 그렇게 자신을 가련하고 또 우울하게 느낀 나비는 날기조차 원치 않았다.

그러던 어느 날, 친구인 메뚜기는 나비가 또 자신을 비관하고 있음을 알게 되었다.

그는 왜 나비가 되었는데도 날지 않느냐고 물었다. 날개가 조금 잘려 날지 않아라고 나비가 대답하자, 메뚜기는 화를 벌컥 내며 말했다. 메뚜기는 살아오면서 그 나비보다 더 예쁜 나비를 본 적이 없다고 말했다. 그리고 날개 하나가 조금 잘려 나갔다는 것은 중요하지 않다고 했다. 왜냐하면, 조금 잘려 나간 바로 그 점이 그 나비를 다른 나비와 구분하게 해 준다고 했다. 그러니, 다른 어느 나비도 그 나비와 같아질 수 없다고 했다.

그 불행한 암나비는(한 때의 불행한 애벌레 소녀였던 그 암나비가) 메뚜기가 그렇게 말한 점을 많이 생각해 보았단다. 암나비는 메뚜기가 말한 전부를 다 이해하진 못했단다. 그래도 메뚜기는 암나비를 위로해 주었단다. 그러자 이제 암나비는 꽃이나 날씨, 태양이나 삶에 대해 기뻐하기 시작했단다. 이제 암나비는 자신의 외모에 대해 더는 고민하지 않았단다.

그리고 그 목장을 방문한 사람이면 그가 남자이거나 여자이든 나비를 한 번 본 사람이라면 이렇게 아름다운 나비를 본 적이 없다고 말하였단다.

MALFELIĈA RAŬPINO

Sur granda paŝtejo vivis eta raŭpo knabino.

Ŝi estis verda, havanta harojn kaj diketa. Tre malkontenta ŝi estis pri sia aspekto.

Ŝi kredis sin la plej malbela besto sur la tero.

Kun ĝojo, sed ankaŭ kun iom da malĝojo, ŝi rigardis multkolorajn papiliojn, kiuj flugis tra la aero kaj ŝi pensis, ke pli belajn estaĵojn ŝi neniam vidis.

"Ho, se mi povus iam esti kiel ili", veis la raŭpino al si mem. "Tiel bela kaj multkolora mi flugus kaj ĉiuj min admirus. Kaj jen mi rampas tra la koto, neniu min rimarkas, kaj eĉ se iu rimarkas, tiu nur volas min surtreti."

Pri ŝiaj ĉagrenoj sciis nur la najbaro akrido, kiu vivis sur apuda folio. Li konsolis ŝin dirante ke ankaŭ ĉi tiel ŝi estas tre bela, ke tian belan raŭpinon li neniam vidis, kaj ke ankaŭ ŝi iun tagon estos same bela kiel la papilioj, kiujn ŝi admiras. Sed ŝi al li nenion kredis.

Pasadis tagoj kaj la raŭpino fariĝis ĉiam pli malsata kaj ĉiam pli ŝi devis manĝi. Kaj ju pli ŝi manĝis, des pli dika ŝi estis, kaj tial des pli malfeliĉa. Subite ŝi eksentis deziron fari por si dometon. Homoj tian dometon nomas kokono. Kaj tiel ŝi vere komencis labori: ŝi eligis el sia korpo fadenojn kaj per ili sin envolvis. Sed kiel ĉiam, ŝi volis, ke tio estu la plej bela kokono, kaj ne ia ordinara. Tial ŝi faris plej nekutimajn formojn. Ĉiu formo estis bela, sed ne bone uzebla. Unu kokono estis tro mallarĝa, la dua tro larĝa, kaj la tria jen larĝa, jen mallarĝa. Fine ŝi laciĝis kaj faris la plej simplan kokonon, kiu tamen plej bone konvenis al ŝi. En la kokono ŝi longe, longe dormis. Kiam ŝi vekiĝis, ŝi eliris kaj havis ion novan por vidi: ŝi fariĝis papilio. Kaj ne nur simpla ĝardena papilio, sed la plej bela el ĉiuj papilioj, kiujn ŝi iam ajn vidis.

Tiome ŝi entuziasmis pri sia aspekto, ke konstante ŝi flugis super la lago kaj rigardis sian spegulbildon en ĝi. Tiel ŝi tute ne atentis, kien ŝi flugas. Iun fojon ŝi trafis iun branĉon, kiu staris super la akvo. La flugiloj ŝin tre doloris, kaj por ke la problemo estu pli granda, ŝi iomete ŝiris unu flugilon. Kaj tiam ŝi denove fariĝis malfeliĉa. Nu, vere ŝi estis papilio, eĉ papilio kun belegaj koloroj, sed ankaŭ kun ŝirita flugilo. Denove ŝi pensis sin malbela. Tiom malĝoja kaj kompatinda ŝi estis, ke eĉ flugi ŝi ne volis.

Kaj iun tago la amiko akrido trovis ŝin en tia stato. Li demandis, kial ŝi ne flugas, kaj aŭdinte la respondon li ege koleriĝis kaj diris, ke pli belan papilion en la tuta vivo li ne vidis. Kaj tiu eta ŝiriĝo de la flugilo neniom gravas, ĉar ĝuste per tio ŝi diferencas de aliaj papilioj, kaj tial neniu el ili estas kiel ŝi.

La malfeliĉa papiliino (iam la malfeliĉa raŭpino) multe pensis pri tio. Ne ĉion ŝi komprenis, kion la akrido diris. Sed li konsolis ŝin, kaj ŝi komencis ĝoji pri la floroj, tago, suno kaj vivo. Pri sia aspekto ŝi ne plu pensadis.

Kaj kiu ajn venis al tiu paŝtejo, tiu diris, ke pli belan papilion li aŭ ŝi neniam vidis.

겁 많은 암오리

우리가 사는 마을의 주민 요셉에게는 건초를 쌓아두
는 창고가 하나 있었단다. 그 창고에는 둥지가 두 개
나란히 있단다. 한 둥지에는 아줌마 암탉이 앉아 있
고, 다른 둥지에는 이웃 아줌마 암오리가 앉아 있단
다. 암탉과 암오리 그 두 아줌마는 자신의 알 위에 앉
아 있는 게 이미 싫증 났다.

그래서 오늘은 서로 이야기 나누며 시간을 보내고
있었다. 그렇게 그들은 서로 알고 있는 모든 것을 말
했다. 그리고 그들은 그 알고 있던 모든 것을 다시 열
심히 이야기하기 시작했다. 그런데 둘째 이야기가 시
작될 바로 그때, 그들이 이야기하는 곳에서 무슨 소리
가 들려 오는 걸 알고는, 유심히 귀를 기울여 듣게 되
었다.

"시간 이미 되었지?"

"그래, 그래. 바로 지금이야."

그 소리들은 암탉 둥지 안에 있던 알과 암오리 둥지
안에 있던 알에서 나는 소리였다. 알 안에서 약한 부
리로 껍질을 살짝 두드리며 내는 소리가 들린 것이었
다. 암오리 둥지에서는 새끼 8마리가, 암탉 둥지에서
는 새끼 10마리가 부화에 성공했다.

그러자 두 아줌마는 서로 자신의 이웃 둥지에 태어
난 새끼를 보며 예쁘기도 하다며 칭찬을 해 주었다.
그러나 속내를 말하자면, 각자는 자기 자식이 이웃집
아이보다 더 예쁘다고 믿고 있다. 내일은 이웃 아줌마

둘이 마당을 지나 새로 부화된 자기 아이들과 함께 당당하게 산책하는 날이다.

암탉은 자신의 병아리들에게 낟알을 찾는 법을, 또 다른 맛난 먹거리를 찾는 법을 가르쳤다.

암오리는 처음으로 자신의 아이들을 데리고 부근의 늪으로 데려가기로 했다. 새끼 오리들은 열심히 물속에서 목욕했다. 그런데 가장 작은 암오리만 예외였다. 아무리 설득해도 가장 작은 암오리는 물속에 들어가지 않으려 했다. 새끼 오리들은 보통 헤엄칠 줄 안다. 그런데 어미 오리는 지금까지 살아오면서 물속에 들어가지 않으려는 새끼 오리를 본 적이 없었다. 어미 오리는 오늘은 그래도, 내일이면 가장 작은 암오리도 물에 들어가겠지 하고 믿었다.

그러나 내일이 되어도 상황은 같았다.

그 어린 새끼 오리는 이제는 물가로 가는 것도 싫어했다. 어미 오리는 칠일간 그 새끼 오리를 물에 들어가 보자고 설득하였으나 실패했다. 엄마는 이제 포기했다. 이제는 다른 오누이 오리도 그 막내 암오리를 피하기 시작하고, 나중에는 마당에 사는 다른 모든 오리와 거위들도 그 막내와 노는 것을 피하기 시작했다. 그러자 이제 그 막내 암오리를 좋아하는 이는 병아리들 뿐이었다. 병아리들은 그 새끼 암오리를 더욱 더 좋아했다.

그래서 그 새끼 암오리는 자신도 이젠 병아리라고 여겼다.

다만 모습이 좀 이상할 뿐이라고 생각했다.

시간이 흘러갔다.

병아리들과 새끼 오리들은 커 갔다.

우리 주인공 막내 암오리는 여전히 병아리들과 잘 지내지만 헤엄칠 줄은 몰랐다. 아니, 좀 더 정확히 말하면, 막내 암오리는 한 번도 헤엄치기를 해보려 하지 않았다. 그 새끼 오리가 한번 시도하기만 하면 필시 성공할 것이다. 그러나 그 막내 암오리는 겁이 많았다. 모두는 겁많은 막내 암오리를 겁쟁이라고 불렀다. 그게 막내 암오리의 마음엔 들지 않아도 어떻게 할 수도 없지 않나요?

그런데 그 막내에게 아마 지금 여기서 앞으로 설명하는 사건이 일어나지 않았다면, 절대로 헤엄치는 법을 몰랐을 것이다.

그 막내 암오리에겐 암평아리 분타 라는 친구가 있었다. 그 둘은 어느 날 아침 늪 근처에서 벌레를 찾아다니고 있었다. 바로 그때 물가에서 분타는 아주 먹음직한 벌레 한 마리를 보게 되었다. 분타가 지금까지 본 것 중에서 가장 크고, 가장 살지고, 가장 맛난 벌레였다. 분타는 자신의 온 힘으로 그 벌레를 끌어 당겨 보았지만, 그 벌레는 꿈쩍도 하지 않았다. 벌레도 온 힘으로 땅바닥에서 버티고 있었다. 이젠 그 암평아리는 더욱 세게 끌기 시작했다. 바로 그 순간 그는 미끄러지는 바람에 늪에 빠져 버렸다. 병아리들은 헤엄칠 줄 모르니, 이제 암평아리도 물속으로 가라앉을 지경이 되었다.

그러나 암평아리에겐 다행스럽게도 마침 우리 주인

공 막내 암오리가 그 암평아리가 **빠진** 곳을 지나고 있었다. 새끼 암오리는 친구인 분타가 늪에 **빠져** 허우적거리는 모습을 보게 되었다. 암오리는 이제 뭔가 그를 도와야 함을 이해했다. 만일 막내 암오리가 아무 행동도 취하지 않는다면 자신은 앞으로 암평아리와 함께 지내지 못할 것이라고 생각했다. 그래서 그 막내 암오리는 무턱대고 물 속을 향해 뛰어들었고, 물속으로 잠수해서는 자신의 부리를 이용해 암평아리의 날개를 잡을 수 있었다. 그리고는 막내 암오리는 물에 **빠진** 병아리를 천천히 물가로 끌고 왔다.

막내 암오리가 암평아리를 땅위로 끌어냈을 때야, 그 막내는 자신이 뭔가를 해냈구나 하고 이해했다. 막내 암오리는 헤엄칠 줄도 알고, 저 아래 물속에서도 헤엄칠 수 있었다! 마당에 놀던 모두는 이제 막내 암오리도 헤엄칠 줄 알고는 아주 자랑스러워했다. 이제 막내 암오리의 엄마는 가장 자랑스러워했다. 여러 날에 걸쳐 모두는 막내 암오리의 활약상을 말하고 있었다. 그때부터 막내 암오리는 새로운 별명을 갖게 되었는데, 이젠 용감이로 통했단다.

그 용감이는 그 사건 뒤로 물 아래에서도 물에서도 헤엄도 쳤고, 다른 오누이보다 더 많이 또 더 잘 헤엄치게 되었단다.

TIMEMA ANASINO

En la fojnejo de la vilaĝano Jozefo estis du nestoj. En ili sidis najbarino kokino kaj najbarino anasino.

Ambaŭ jam enuis sidante sur la ovoj, kaj la tempon ili pasigis per interparolo. Kiam ili elrakontis jam ĉion, kion ili sciis, tiam ili diligente komencis ĉion denove. Kaj ĝuste kiam la duan fojon ili ĉion elrakontis, ili komencis ion zorge aŭskulti.

"Ĉu venis jam la tempo?"   "Jes, jes, certe."

Ili aŭdis etajn bekojn, kiuj frapetis la ovojn. La anasino elkovis ok anasidojn, kaj la kokino dek kokidojn. Ambaŭ inoj tre multe laŭdis la etulojn reciproke, sed en vero ĉiu kredis, ke ŝiaj infanoj estas almenaŭ iom pli belaj ol tiuj de la najbarino.

Morgaŭ ambaŭ najbarinoj fiere promenis kun la novnaskitoj tra la korto. La kokino instruis la kokidojn, kiel trovi grajnojn kaj alian bongustan manĝaĵon, kaj la anasino decidis por la unua fojo konduki la anasidojn al la proksima marĉo.

La anasidoj sin banis entuziasme. Ĉiuj krom la plej eta anasino. Ŝin neniu povis persvadi, ke ŝi eniru la akvon. Anasidoj normale scipovas naĝi, kaj la patrino tian anasidon neniam antaŭe vidis. Ŝi kredis, ke morgaŭ la afero pliboniĝos. Sed morgaŭ ripetiĝis la samo. La eta anasino ne volis eĉ proksimiĝi al la akvo. La panjo anasino dum sep tagoj provis ŝin persvadi, ke ŝi eniru la akvon, sed vane. La panjo rezignis.

La anasinon komencis evitadi ŝiaj gefratoj kaj ĉiuj aliaj anasoj kaj anseroj en la korto. Nur la kokidoj ŝin ŝatis, eĉ multe, kaj ŝi jam komencis pensi, ke ankaŭ ŝi estas kokido, nur iom strangaspekta.

Pasis la tempo. Kaj la kokidoj kaj la anasidoj kreskis. Nia anasino ankoraŭ amikis kun la kokidoj kaj ne scipovis naĝi. Aŭ pli ĝuste, ŝi neniam provis tion fari. Se ŝi estus nur provinta, certe ŝi estus sukcesinta. Sed ŝi ege timis. Pro tiu timo ĉiuj nomis ŝin Timulino. Tio al ŝi tute ne plaĉis, sed kion fari? Eble la anasino neniam kapablus naĝi se ne estus okazinta la jena evento.

Ŝia amikino kokino Bunta iun matenon serĉis vermojn apud la marĉo. Kaj tiam ĝuste ĉe la rando de la akvo ŝi vidis belegan vermon. Estis tio la plej granda, la plej grasa kaj bongusta vermo, kiun ŝi iam vidis. Ŝi tiris ĝin forte, sed ĝi ne kapitulacis. Ĝi tenis sin firme al la grundo per tuta forto. Ŝi ektiris eĉ pli forte kaj en tiu momento ŝi glitis kaj falis en la marĉon. En tiu loko la marĉo estis tuj tre profunda. Kaj kokinoj ne povas naĝi, do ŝi komencis droni.

Sed feliĉe pro la kokino, ĝuste tie pasis nia anasineto. Nur ĝi vidis, kio okazas. Ŝi komprenis: se ion ŝi ne faros, ne plu ŝi havos la amikinon. Kaj antaŭ ol ŝi mem komprenis, kion ŝi faras, ŝi jam saltis en la akvon, subakviĝis kaj kaptis Buntan per sia beko je la flugilo. Tiam ŝi tiris ŝin malrapide al la bordo. Nur kiam ŝi eltiris la amikinon sur la teron, ŝi komprenis, kion ŝi estis farinta. Ŝi ja naĝis, eĉ sub akvo! Ĉiuj en la korto estis tre fieraj pri la anasino, kaj plej multe la panjo. Dum tagoj oni rakontis pri ŝia kuraĝo.

De tiam la eta anasino havis novan kromnomon, oni nomis ŝin Kuraĝulino.

Kuraĝulino post tio naĝis kaj super kaj sub akvo, same multe, kaj eble eĉ pli ol ŝiaj gefratoj.

욕심쟁이 암두더지

땅속 깊은 곳의 어느 편안하고 따뜻한 구멍 안에 암두더지 한 마리가 살고 있었단다.

암두더지에게는 겨울을 지내기 위한 먹거리를 보관해 둔 곳이 많았단다. 암두더지는 땅 위로 연결하는 많은 땅굴을 만들었단다. 짧게 말해서, 암두더지는 현재의 삶에 만족하며 행복하게 살고 있었단다. 암두더지는 땅 위로는 간혹 나온다. 주로 밤에만 나온단다. 왜냐하면, 햇빛은 암두더지에겐 견딜 수 없었단다. 암두더지는 다른 수컷이나 암컷과 함께 다니는 경우는 그리 많지 않단다. 서로 전혀 친하게 지내지 않았단다. 암두더지가 가장 잘 지낼 때는 자신의 집에서 혼자 잠자고 있을 때이고, 자신이 가장 좋아하는 먹이인 벌레를 잡아먹을 때는 더욱 좋았단다. 우리 주인공 암두더지에게는 별명이 하나 있다. 그것은 욕심쟁이다. 그것은 아무 이유 없이 만들어진 것은 아니다. 암두더지가 다른 두더지에게 뭐든 주는 일은 절대 없었다.

"정말 왜 내가 가진 걸 남에게 줘? 모두가 각자 열심히 노력하면 되는 걸. 나에게 주는 이도 아무도 없는 걸."

그 때문에 암두더지는 친구가 없있다.

어느 날, 욕심쟁이가 사는 땅굴로 낯선 암두더지가 길을 잘못 찾아 왔다. 그 낯선 암두더지는 우리 주인공보다 덩치가 작았다. 더구나 깡마른 체격이었다. 낯선 방문객은 이미 오랫동안 먹지 못했다. 낯선 암두더지가 다니는 땅굴이 있던 밭을 사람들이 쟁기로 가는 바람에 땅굴은 모두 부서졌다. 그래서 지금, 가진 것이라곤 아무것도 없다. 그리고 밖은 춥다. 또 먹거리도 찾아볼 수 없었다. 낯선 어린 암두더지는 자신이 이렇게 찾아온 것이 적절하지 않음을 알고 부끄럽기도 하였다. 하지만 하는 수 없이 그 낯선 암두더지는 욕심쟁이 암두더지를 찾아와, 자신의 몸을 여기서 좀 녹일 수 있었으면, 또 머을 것을 좀 얻었으면 하고 간청했다. 처음에는 욕심쟁이는 낯선 암두더지에게 아무것도 주지 않고 밖으로 내쫓아 버리려고 했다. 그러나 욕심쟁이 암두더지는 평생 처음으로 낯선 암두더지를 불쌍한 존재로 여겼다. 욕심쟁이는 낯선 암두더지를 자신의 숙소에서 며칠간 함께 지내도록 허락했다. 그러자 낯선 어린 암두더지는 아주 행복하여 고마워했다. 그런데 욕심쟁이는 자신이 한 행동을 자랑스러워하기는 커녕 곧장 자신이 베푼 착한 행동에 대해 후회했다. 지금, 이번이 처음이자 마지막이라고 욕심쟁이는 결심했다.

날씨가 이제 따뜻해지자, 낯선 방문자는 떠날 차비를 했다. 오랫동안 낯선 방문자는 욕심쟁이를 고맙게 생각했고, 욕심쟁이는 낯선 암두더지가 하루라도 빨리 자신의 땅굴에서 떠나가기만 바라고 있었다.

어느 날, 낯선 암두더지가 떠나자, 욕심쟁이는 곧 낯선 암두더지를 잊어버리고 자신의 일상생활로 돌아왔다.

그 일상생활이란 땅 파기, 먹기, 또 잠자기가 전부

였다. 욕심쟁이는 그것만 원했다.

그렇게 온전히 한해가 지났다.

다시 겨울이 왔다.

어느 날, 욕심쟁이가 아침을 먹고 있었다.

바로 그때 바깥에서 아주 큰 소리가 들려왔다. 욕심쟁이 암두더지의 집이 흔들렸다. 처음에는 흔들림이 곧 중단되겠지 하며, 욕심쟁이는 별로 주목하지 않았다. 그러나 그 소음은 더욱 커져가고 흙의 일부가 떨어져 내렸다. 그 바람에 욕심쟁이가 이용하던 땅굴이 막혀 버렸다. 욕심쟁이는 자신이 보관한 먹거리를 구해보려고도 하였으나, 자신의 힘이 못미쳤다. 이제는 자신이 곧장 피난하지 않으면, 흙이 자신도 덮칠 것만 같았다. 마음이 무거워진 욕심쟁이 두더지는 자신의 먹이 창고를 떠나, 밖으로 뛰쳐나왔다. 그것도 어쩔 수 없는 마지막 순간에 욕심쟁이는 나왔다. 만일 욕심쟁이가 그 자리에 더 오래 남았다면, 모든 것이 무너지고, 자신도 해를 입었을 것이다.

그때서야 비로소 무슨 일이 일어났는지 욕심쟁이는 이해할 수 있었다. 무슨 공포의 금속 기계들을 가진 사람들이 위에서 땅을 파고 있었다. 이미 사람들은 큰 구멍을 파 놓고 있었다. 욕심쟁이가 지나다니던 땅굴은 이제 흔적도 없었다. 이젠 자신의 아담한 거처도, 겨울을 지낼 먹거리도 더는 없었다.

겨울이 이미 끝 무렵에 다가온 바로 그 순간에, 겨울은 자신의 진짜 모습을 보였다. 추위가 맹위를 떨치자, 욕심쟁이는 두려움으로 떨었고 또 추위에 떨었다.

완전히 풀이 죽은 욕심쟁이는 한때 몇 번 방문한 적이 있는, 알고 지내는 이웃 암두더지를 찾아갔다.

욕심쟁이는 그 암두더지가 사는 곳으로 향하는 땅굴로 찾아 들어가 정중하게 이틀이나 사흘 정도만 그곳에 함께 머물 수 있는지 물어보았다.

그 알고 지내던 암두더지는 고약한 마음을 내보이며 욕심쟁이를 향해 이렇게 대답했다. "댁의 머리속에서 무슨 그런 말도 안 되는 생각을 하고 있나요? 내 먹거리 창고도 바닥이 보이고 있거든요. 내 먹거리를 누구와도 나눠 먹고 싶지 않거든요. 특히 댁과는 더욱!"

완전히 풀이 죽어 슬픔에 싸인 욕심쟁이는 자신이 아는 암두더지의 거처를 빠져나왔다.

그때 욕심쟁이에게는 자신이 그동안 아주 오래 찾지 않았던 어느 친척이 생각났다. 아마 그분은 그 욕심쟁이를 받아 주겠지. 정말 그분들은 친척이니! 이제 더욱 더 기분이 나아지고, 더 큰 희망으로 욕심쟁이는 그 친척이 사는 곳을 방문했다.

그러나, 유감스럽게도 그 친척은 욕심쟁이를 처음에는 알아보지도 못했다. 그리고 마침내 그 친척이 욕심쟁이를 알아보자, 그 친척은 욕심쟁이에게 지금까지 자신에게 전혀 온정을 베풀지 않았다고 말했다. 그리고 그가 똑같은 문제를 안고 욕심쟁이를 찾아가면, 그 욕심쟁이도 그를 돕지 않을 것이라고 말하였다.

누가 자신을 도와 줄 수 있으리라는 희망을 완전히 버린 욕심쟁이는 이곳저곳으로 배회하기 시작했다.

땅은 아주 단단하였다.

날씨도 너무 추워, 지금 땅을 파서 새 거처를 만들 수도 없었다. 만일 누군가 곧장 자신을 도와주지 않으면, 자신은 죽게 되겠구나 하며 욕심쟁이는 생각했다.

바로 그때 욕심쟁이는 한 곳의 두더지 거처를 발견했다. 욕심쟁이는 이제 자신은 아무것도 잃을 것이 없음을 알고서 들어가 보았다. 그것은 욕심쟁이에겐 마지막 기회였다. 이미 욕심쟁이는 다시 욕을 들을 준비가 되어 있었고, 추위에 다시 쫓겨 날 준비가 되어 있었다. 그러나 바로 그때, 욕심쟁이를 아는 암두더지를 만나게 되었다.

욕심쟁이가 지난겨울 도와주었던 바로 그 어린 암두더지였다. 어린 암두더지는 그 손님을 보자 아주 기뻐했다. 그 어린 암두더지는 자주 욕심쟁이 암두더지를 생각하며 지내 왔다고 말했다.

욕심쟁이의 착한 마음씨가 없었더라면, 어린 암두더지는 오늘 이처럼 살아갈 수 없었다고 했다.

어린 암두더지는 지금 행복으로 가득 찼다.

왜냐하면, 그가 자신을 보살펴 준 욕심쟁이에게 보답할 기회가 생겼기 때문이었다. 곧장 어린 암두더지는 자신의 거처로 욕심쟁이를 들어오게 했다. 그들 두 암두더지는 기분 좋게 대화하며, 먹거리를 나누어 먹으며 겨울의 마지막을 보내게 되었다.

봄이 왔다.

그 욕심쟁이는 그 부근에 자신의 거처를 새로 만들었다.

욕심쟁이는 다른 모습으로 변했단다.

욕심쟁이는 그 뒤로는 자신의 이웃을 상냥하게 대했고, 언제나 도울 준비가 되어 있었단다.

　그때부터 모두는 욕심쟁이를 좋아하게 되었고, 이젠 그 욕심쟁이에겐 많은 친구가 생기게 되었단다. 그리고 가장 좋은 친구는 바로 그 어린 암두더지였단다.(*)

TALPINO AVARA

En agrabla kaj varma truo, profunde sub la tero, vivis unu talpino.

Ŝi havis multe da ejoj por konservi manĝaĵon por vintro. Ŝi faris multajn koridorojn, kiuj kondukis sur la teron. Mallonge dirite: ŝi vivis bele kaj kontente. Al la tera surfaco ŝi iris malofte, kaj ĉefe nur nokte, ĉar la taga lumo ŝin ĝenis. Kun aliaj talpoj kaj talpinoj ŝi malofte vidiĝis, kaj eĉ pli malofte amikis. Ŝi ne ŝatis societojn. Plej bone ŝi fartis, kiam ŝi sola dormetis en la silento de sia hejmo, kaj eĉ pli bone, kiam ŝi manĝetis vermojn, sian plej ŝatatan manĝon.

Nia talpino havis kromnomon. Oni nomis ŝin Avara. Tio ne estis sen kialo. Ŝi simple neniam donus ion ajn al alia talpo. Ŝi pensis:

"Ja kial mi donu? Ĉiu perlaboru mem. Ankaŭ al mi neniu ion donis."

Pro tio ŝi ne havis amikon.

Iun tagon en la koridoron de Avara venis erare alia talpino. Tiu estis multe pli eta ol la nia, kaj estis krome tre maldika. Jam longan tempon ŝi ne manĝis. Ŝiajn koridorojn detruis homoj, dum ili plugis la kampon, kaj nun ŝi restis sen io ajn. Kaj ekstere estis malvarme, kaj ne troveblis manĝaĵo.

La etulino sciis, ke tio ne estas tre deca, kaj ŝi eĉ hontis, sed tamen ŝi venis al Avara kaj petis permeson por iom varmigi sin kaj almenaŭ ion manĝi. Avara unue deziris ŝin forpeli eksteren sen io ajn, sed la unuan fojon en la vivo ŝi iun kompatis. La alia talpino aspektis vere mizera kaj malsana. Kvankam sin mem ŝi ne povis kompreni, Avara permesis al la eta talpino resti kelkajn tagojn tie. La etulino pro tio estis tre feliĉa kaj dankema. Sed Avara, anstataŭ fieri pri sia ago, riproĉis sin pro sia bonkoreco. Nun, kaj neniam pli, konkludis ŝi.

Kiam la vetero iĝis varma, la eta talpino foriris. Longe ŝi dankadis Avaran, sed tiu nur deziris, ke la etulino foriru plej eble frue. Kaj post kiam la etulino foriris, Avara tuj forgesis ŝin, kaj daŭrigis sian ordinaran ĉiutagan vivon.

Nenio speciala okazis krom fosado, manĝado kaj dormo. Kaj ĝuste tion Avara volis. Tiel pasis unu tuta jaro. Denove venis vintro.

Iun tagon, ĝuste dum Avara matenmanĝis, aŭdiĝis granda bruego kaj ŝia talpejo tremis. En la komenco ŝi ne atentis pri tio, kredante ke tio baldaŭ ĉesos. Sed la bruo estis ĉiam pli forta, la tero jam ege tremis kaj terpecoj komencis fali, ŝtopante la koridorojn. Avara provis savi sian manĝaĵon, sed ŝi komprenis, ke tro malrapida ŝi estas, kaj se tuj ŝi ne fuĝos, la tero superŝutos ankaŭ ŝin.

Kun pezo en la koro ŝi forlasis sian manĝajrezervon, kaj kuregis eksteren. En la lasta momento ŝi eliris. Se ŝi estus restinta nur iomete pli, ĉio falus kaj superŝutus ŝin.

Nur tiam ŝi komprenis, kio okazas. Venis homoj kun ia terura metala maŝinaro, kaj fosis la teron. Jam ili elfosis grandan truon. Ne plu ekzistis ŝiaj koridoroj, nek ŝia agrabla loĝejo, nek la nutraĵo por la vintro. La vintro jam proksimis al sia fino, sed ĝuste tiam ĝi montris sian veran vizaĝon. Estis tre malvarme, kaj Avara tremegis kaj pro timo, kaj pro malvarmo.

Plene ĉagrenita ŝi foriris al sia proksima konatulino, kiun ŝi tamen kelkfoje vizitis. Ŝi eniris en ties koridorojn kaj dece demandis la konatinon, ĉu tiu povus akcepti ŝin por du aŭ tri tagoj, ĝis Avara trovos ian solvon. La konatino nur ridis malice kaj demandis Avaran: "Ja kia stulta ideo venis en vian kapon? Ankaŭ miaj rezervoj estas preskaŭ elĉerpitaj. Mi ne deziras dividi ilin kun iu ajn, kaj speciale ne kun vi!"

Tute ĉagrenita kaj malĝoja, Avara eliris el la talpejo de sia konatino. Tiam ŝi rememoris pri iu parenco, kiun ŝi tre longe ne vidis. Eble li ŝin akceptos. Ja ili estas parencoj! Jam kun multe pli bona humoro kaj plena de espero, ŝi trovis lian loĝejon. Bedaŭrinde, la parenco ŝin unue ne rekonis. Kaj kiam li finfine rememoris ŝin, li diris, ke ŝi neniam estis al li simpatia. Kaj ke certe ŝi ne helpus lin, se li estus kun simila problemo.

Perdinte plene la esperon, ke iu ajn helpos, vagis Avara ie-tie. La grundo estis tro malmola kaj tro malvarma, ne eblis ĝin fosi kaj konstrui novan loĝejon. Se iu baldaŭ ne helpos, ŝi mortos, pensis Avara.

Kaj tiam ŝi rimarkis ankoraŭ unu talpejon. Ŝi eniris, sciante ke nenion ŝi havas por perdi. Tio estis ŝia lasta ŝanco. Jam ŝi estis preta por esti denove insultata kaj forpelita eksteren al la frosto. Sed tiam ŝi ekvidis iun konatan talpinon. Estis tio ĝuste la sama eta talpino, kiun Avara helpis pasintan vintron.

Ŝi tre ĝojis vidinte la gaston. Ŝi diris, ke ofte ŝi pensis pri Avara. Sen la bona koro de

Avara, ŝi hodiaŭ ne estus viva. La etulino estis plena je feliĉo, ĉar ŝi povis rekompenci Avaran. Tuj ŝi akceptis ŝin al sia loĝejo. Ili du pasigis la reston de la vintro en agrabla societo kaj en manĝado de la provizoj.

Venis la printempo. Avara konstruis proprajn koridorojn en la proksimo. Ŝi fariĝis alia persono. Ŝi estis afabla al siaj najbaroj, kaj ĉiam preta helpi. De tiam ĉiuj ŝatis Avaran kaj ŝi havis multajn amikojn. Kaj la plej bona amikino estis la eta talpino.

옮긴이의 글

애독자 여러분, 저는 지난 11월 4일 저녁 6시 30분 경에 카톡 영상 통화로 크로아티아 자그레브(해당 나라 시각: 오전 10시 30분경)에 살고 있는 작가 스포멘카 슈티메치 여사와 통화를 즐겁게 했습니다.

이 통화는 당일 작가의 작품 『크로아티아 전쟁체험기』(Kroata Milita Noktlibro) 한국어판을 전달식을 크로아티아 자그레브의 웨스틴 자그레브 호텔에서 열렸기 때문이었습니다.

'코로나 19'의 특수 상황에서 작가는 마스크를 쓰고 건강한 모습으로 "Ĉio en ordo!(모든 일이 정상적으로 이루어지고 있어요!)"라며 저의 걱정을 들어 주었습니다.

왜 제가 저자와 영상통화를 하였는지, 그 사연이 궁금하시죠? 그 일은 이런 과정을 거쳐 이루어졌습니다. 역자는 그 사연 전개가 정말 흥미로워 독자 여러분에게 알립니다.

즐겁고 기쁜 소식을 함께 나누면 애독자인 여러분과 옮긴이인 제게도 힘이 되고, 격려가 되니까요.

지난 10월 18일 『크로아티아 전쟁체험기』한국어판을 진달래 출판사가 발간한 뒤, 일주일 뒤에 그 책이 역자인 제게 도착했습니다. 그래서 저는 애독자 동서대학교 박연수 교수(한국수입협회 부회장)를 찾아가, 주문한 책을 전달해 주었습니다. 그랬더니, 11

월 첫주에 한국수입협회 회장단이 자그레브를 업무차 방문한다며, 그이 자신도 협회 부회장으로 이 행사에 함께 간다고 했습니다.

저는 조심스럽게 그럼, 가는 길에 『크로아티아 전쟁체험기』 한국어판을 저자에게 좀 전달해 달라고 말했더니, 박교수는 즉각 그렇게 하겠다고 약속해 주었습니다.

그런 이면에는 조금 더 깊숙한 이야기가 깔렸습니다. 박연수 교수는 학창시절인 1984년 초 부산경남지부의 에스페란토 초급강습회(경성대학교, 10여 명 수료, 지도 장정렬)에 와서 에스페란토를 배웠습니다. 당시 함께 배운 이들 중에는 나중에 시인이 된 김철식, 거제대학교 초빙교수 최성대, 교사 정명희, 건축업자가 된 강상보씨 등이 청년기를 보내고 있었습니다. 이 강습회에 참여한 학생들은 Rondo Steleto를 구성하고, 회보 〈Steleto〉를 수차례 발간하였습니다.

그 수료생 중 김철식 시인을 통해, 약 20여 년 뒤, 서울대학교 명예교수였던, KAFT 문학 연구가이자 한국문학 평론가인 김윤식 선생님을 뵙는 영광을 누렸습니다. 당시 김 선생님은 저희 에스페란티스토 일행을 자신의 서재에 초대하셨습니다. 당시 선생님은 안서 김억 선생 등이 1920년 7월 25일 창간한 동인지 〈폐허(Ruino)〉의 표지에 실린 시인 김억의 에스페란토 시 'La Ruino'를 암송하시는 것이 아니겠습니까!

"Jam spiras aŭtuno

Per sia malvarmo kruela;
Malgaje malbrile rigardas la suno
Kaj ploras pluvanta ĉielo......

Kaj ĉiam minace
Alrampas grizegaj la nuboj;
De pensoj malgajaj estas mi laca.
Penetras animon duboj..."

한국 근대와 현대 문학 평론을 펼치시던 김윤식 선생님의 열정을 지금도 잊을 수가 없습니다. 에스페란토 연구자인 저로서는 그 순간이 생생하게 기억되고 있습니다. 아쉽게도 당시 김윤식 선생님과 함께 찍은 사진을 제가 가지고 있지 않지만...

또 다른 수료생이었던 최성대 교수는 오늘날도 에스페란토 서적을 꾸준히 읽는 애독자이며 여전히 부산 동래에서 역자와 교류를 이어오고 있습니다.

약 37년의 세월이 흘러도, 그 수료생들은 부산에서 각자의 재능과 지식을 바탕으로 전문 분야에서 활동을 이어가고 있습니다. 아, 생각만 해도 반가운 얼굴들!

그렇게 박연수 교수도 부산에서 에스페란토 안팎의 일로 친구처럼 만나고 있습니다.

그런 인연으로 『크로아티아 전쟁체험기』 한국어판은 박연수 교수의 민간 외교용 여행 가방에 1kg 정도의 책 무게를 더 무겁게 만들었습니다. 역자인 저로서는 고마울 뿐이었습니다.

그러면서 저는 저자인 스포멘카 여사에게 이메일로 『크로아티아 전쟁체험기』 한국어판을 인편으로 자그레브에 전달하겠다고 하니, 저자는 깜짝 놀라며, 반가워했습니다. 그렇게 이메일을 주고받았습니다.

저자 스포멘카 슈티메치 여사는 『크로아티아 전쟁체험기』 한국어판이 발간되었다는 소식을 들은 저자 스포멘카 여사는 즉시 자그레브 라디오 방송국에 연락해, 한국어판이 나왔다고 '저자 인터뷰' (11월2일, https://glashrvatske.hrt.hr/hr/multimedia/gost-glasa-hrvatske/gost-glasa-hrvatske-spomenka-stimec-3353588)를 통해 자그레브 시민들에게 그 소식을 알렸습니다. 그 방송을 통해 옮긴 이의 이름이 들리니, 저 또한 감동하지 않을 수 없었습니다.

그러나, 그런 감동에도 불구하고, 인편으로 간 『크로아티아 전쟁체험기』한국어판이 제대로 잘 전달될지 궁금하고 걱정도 되었습니다. 크로아티아 자그레브 현지 상황이나 박 교수가 머무는 웨스틴 자그레브 호텔 상황이나, 한국수입협회 일정도 '코로나 19'라는 특수 상황과 어떤 연관성이 있을지 걱정 반 기대 반이었습니다.

다행히 박교수 일행은 11월 2일 폴란드를 경유해 자그레브에 안착했다고, 또 저자와 통화도 했다고 카톡으로 알려 왔습니다. 스마트폰에서 우리 독자들이 자주 사용하는 보편적인 활용도구가 된 '카톡'은 저 멀리 크로아티아 자그레브와도 아무 어려움 없이 무료로 소통을 가능하게 해 주었습니다. 대화 상대방이 카톡 프로그램을 자신의 스마트폰에 장착하기만 하면, 손쉽게 소통할 수 있기 때문입니다. 에스페란토를 활용하는 독자 여러분도 외국 친구나 지인이 있다면, 한번 시도해 보시는 것도 좋을 듯합니다.

무슨 일이든 바쁨 속에서 이뤄지나 봅니다. 한국수입협회 일행의 일정 속에 가장 바쁜 날이 11월 4일 목요일이었습니다. 전달식이 열리는 오전 10시 30분이 될 때까지, 카톡과 이메일 등을 통해 전달식의 행사 순서를 정하고, 이를 에스페란토-국어로 순차 배치하여, 원활한 소통이 되도록 하였습니다.

저자와 역자는 참석자들을 일일이 확인하고, 양국의 대표단이 인사하게 하고, 우리 나라 6.25와 1991년 크로아티아 내전의 희생자를 위한 묵념, 책을 들고

간 애독자인 박교수님의 소감, 저자 스포멘카 슈티메치의 인사말, 저자의 요청 2가지: 1. 한국어판 책자 중 〈부코바르의 레네〉라는 곳을 한국어로 읽어 달라는 저자의 요청, 2. 인삼차를 준비해 달라는 요청. 도서 전달식, 이 책에 실린 에스페란티스토 가족의 참석 등이 일정표에 정해졌고, 당일 정해진 시각에 자그레브 하늘 아래서 『크로아티아 전쟁체험기』한국어판 전달식이 이뤄졌고, 그 나라에서 한국어로 책의 특정 페이지를 읽는 기회도 가졌습니다. 민간 외교와 문화 교류의 장이 성립되었습니다!

저자는 이 인편으로 전달이 좀더 일찍 알려졌더라면, 크로아티아 문화부나 대사관에 알려 더 큰 행사로 홍보할 수 있었겠다는 아쉬움도 있었다고 합니다. 이번 행사는 일종의 번갯불에 콩 구워 먹기 같은 풍경입니다. 간단히 말해 '번개팅'이 국제적으로 이뤄졌습니다.
그래서 저는 애독자 여러분을 위해 아래 사진을 한 장 싣습니다.

이 한 장의 사진은 저자와 저자 주변의 에스페란티스토 회원이자 애독자들의 모습과 자그레브 문화와 에스페란토의 힘을 볼 수 있고, 마찬가지로 한국수입협회 임원단의 배려도 볼 수 있습니다.

사진은 11월 4일 자그레브에서의 『크로아티아 전쟁체험기』 한국어판 전달식(사진 중간에 가방을 둘러 맨 이가 저자 스포멘카 슈티메치, 맨 오른편이 애독자 박연수 교수)을 알려 주고 있습니다.

이 책을 지은 저자나 옮긴이인 저로서는 벅찬 감동의 순간이었을 겁니다. 이 책이 출간되고 나서 30년만에 한국어판이 발간되었으니까요.

이제 이 작품 『침실에서 들려주는 이야기』를 이야기 해 드리겠습니다.

이 책을 보시면, 국어 번역본을 먼저, 에스페란토본을 뒤에 배치한 것은, 학습자들이 에스페란토문을 학습하기 전에 한국어 번역본을 먼저 이해하고 에스페란토문을 학습하면 학습효과가 높다고 생각해서 그렇게 배치했습니다.

만일 애독자 여러분이 국어나 에스페란토로 동화

구연을 한다고 보면, 그 중 어느 한 텍스트를 정해 이를 표현하면 좋을 것 같습니다. 특히 에스페란토로 동화를 구연하려는 독자 여러분은 여러번 에스페란토문을 읽고, 그 문장이 머리 속에 그림으로 표현될 수 있을 정도에 동화로 구연하면 듣는 이가 어린아이거나 어른이고 관계없이 입가에 미소를 머금고 동화 구연을 하는 분의 목소리와 표정에 귀기울이리라고 상상을 해 봅니다.

2022년 11월에는 부산에서 아시아-오세아니아 에스페란토대회가 열립니다. 여러분의 언어를 잘 활용할 절호의 기회이기에, 기다려집니다. 그때에는 우리가 마스크를 벗고서, '코로나 19'를 극복한 채로 국제적으로 에스페란토 사용자를 만나는 기쁨을 누리기를 고대해 봅니다.

에스페란토에서 문학은 농부의 일하는 들판에 비유할 수 있습니다. 들판 주변에는 산도 있고, 강도 있고 바다도 보일 것입니다. 그 들판에는 곡식이 자라는 것은 물론이고, 농부의 이마에 맺히는 땀방울도 있고, 등을 굽힌 채 자신의 논과 밭을 일구는 손길도 있습니다. 꽃도 피고, 새가 날고, 나비가 논밭에서 농부의 눈길을 잠시 쉬어 가게 할지도 모릅니다.

에스페란티스토 작가들은 자신의 모어가 아닌, 자신이 자각적으로 선택하여 배우고 익힌 에스페란토라는 언어도구로 세상을 기록하고, 자신의 꿈을 말하고, 자신의 시대를 그리고, 고민하고, 절망하고, 고마

위하고, 또 고발하며 글쓰기 작업을 합니다.

에스페란토라는 씨앗을 나무로, 풀로, 시냇물로, 강으로, 바다로, 산으로, 들로, 저 하늘로 펼쳐 보내는 작가의 손길을 따라가다 보면, 실로 산천초목의 초록이 푸르름이, 온갖 색상들이 언어로 재탄생되어, 독자에게는 편지처럼 읽히고, 사진처럼 찍히고, 동영상처럼 내가 사는 세상을 이해하고, 지향하는 바를 알고, 동감과 공감하지 않을 수 없을 것입니다.

부산에서 활동하시는 아동문학가 선용 선생님, 화가 허성 선생님, 중국에 계시는 박기완 선생님, 세 분 선생님께 저의 번역작업을 성원해 주시고 격려해 주셔서 고맙다는 말씀을 전합니다. 한국에스페란토협회 부산지부 동료 여러분들의 성원에도 감사드립니다.

늘 묵묵히 번역 일을 옆에서 지켜보시는 어머니를 비롯한 가족 여러분께도 고마운 마음을 글로 남겨 봅니다.

이육사의 시 "청포도"의 한 구절로 저의 옮긴이의 글을 마치려고 합니다.

"...
내가 바라는 손님은 고달픈 몸으로
청포를 입고 찾아온다고 했으니

내 그를 맞아 이 포도를 따 먹으면

두 손은 흠뻑 적셔도 좋으련

아이야, 우리 식탁엔 은쟁반에
하이얀 모시 수건을 마련해 두렴.”

'내가 바라는 손님'은 에스페란토 문학에 관심을
가지는 청소년, 어른 애독자 여러분입니다.
여러분도 이 청포도 같은 에스페란토 작품들을 통해
즐거운 문학의 향기를 느끼시길 기대합니다.

2021년 11월 말일 장 정 렬.

역자의 번역 작품 목록

-한국어로 번역한 도서

『초급에스페란토』(티보르 세켈리 등 공저, 한국에스페란토 청년회, 도서출판 지평),

『가을 속의 봄』(율리오 바기 지음, 갈무리출판사),

『봄 속의 가을』(바진 지음, 갈무리출판사),

『산촌』(예쮠젠 지음, 갈무리출판사),

『초록의 마음』(율리오 바기 지음, 갈무리출판사),

『정글의 아들 쿠메와와』(티보르 세켈리 지음, 실천문학사)

『세계민족시집』(티보르 세켈리 등 공저, 실천문학사),

『꼬마 구두장이 흘라피치』(이봐나 브를리치 마주라니치 지음, 산지니출판사)

『마르타』(엘리자 오제슈코바 지음, 산지니출판사)

『국제어 에스페란토』(D-ro Esperanto 지음, 이영구 장정렬 공역, 진달래 출판사)

『사랑이 흐르는 곳, 그곳이 나의 조국』(정사섭 지음, 문민)(공역)

『바벨탑에 도전한 사나이』(르네 쌍타씨, 앙리 마쏭 공저, 한 국외국어대학교 출판부) (공역)

『에로센코 전집(1-3)』(부산에스페란토문화원 발간)

-에스페란토로 번역한 도서

『비밀의 화원』(고은주 지음, 한국에스페란토협회 기관지)

『벌판 위의 빈집』(신경숙 지음, 한국에스페란토협회)

『님의 침묵』(한용운 지음, 한국에스페란토협회 기관지)

『하늘과 바람과 별과 시』(윤동주 지음, 도서출판 삼아)

『언니의 폐경』(김훈 지음, 한국에스페란토협회)

『미래를 여는 역사』(한중일 공동 역사교과서, 한중일 에스

페란토협회 공동발간) (공역)
－인터넷 자료의 한국어 번역
www.lernu.net의 한국어 번역
www.cursodeesperanto.com,br의 한국어 번역
Pasporto al la Tuta Mondo(학습교재 CD 번역)
https://youtu.be/rOfbbEax5cA (25편의 세계에스페란토고전 단편소설 소개 강연:2021.09.29. 한국에스페란토협회 초청 특강)

<진달래 출판사 간행 역자 번역 목록>

『파드마, 갠지스 강가의 어린 무용수』(Tibor Sekelj 지음, 장 정렬 옮김, 진달래 출판사, 2021)

『테무친 대초원의 아들』(Tibor Sekelj 지음, 장정렬 옮김, 진 달래 출판사, 2021)

<세계에스페란토협회 선정 '올해의 아동도서' > 작품 『욤보르 와 미키의 모험』(Julian Modest 지음, 장정렬 옮김, 진달래 출 판사, 2021년)

아동 도서 『대통령의 방문』(예지 자비에이스키 지음, 장정렬 옮김, 진달래 출판사, 2021년)

『국제어 에스페란토』(D-ro Esperanto 지음, 이영구. 장정렬 공역, 진달래 출판사, 2021년)

『헝가리 동화 황금 화살』(ELEK BENEDEK 지음, 장정렬 옮 김, 진달래 출판사, 2021년)

알기쉽도록 『육조단경』(혜능 지음, 왕숭방 에스페란토 옮김, 장정렬 에스페란토에서 옮김, 진달래 출판사, 2021년)

『크로아티아 전쟁체험기』(Spomenka Štimec 지음, 장정렬 옮 김, 진달래 출판사, 2021년)

『상징주의 화가 호들러의 삶을 뒤쫓아』(Spomenka Štimec 지음, 장정렬 옮김, 진달래 출판사, 2021년)

『사랑과 죽음의 마지막 다리에 선 유럽 배우 틸라』 (Spomenka Štimec 지음, 장정렬 옮김, 진달래 출판사, 2021년)